廿首作れば覚える
五言絶句

井上 薫 著

はしがき

本書は、漢詩を作ったことのない人に対し「五言絶句を作ろう！　五首作るだけで作り方をマスターしよう！」とすすめる趣旨である。類書はない。現在学校で漢文を習っている高校生は、プラスアルファのつもりでついでに漢詩作りにチャレンジしたらどうか。本書は副教材である。本書で作り方の基礎を覚えたら一生使えること間違いなし。私は漢詩を作る喜びをできるだけ多くの人に伝えたい。こんな楽しいことを知らないまま死ぬのはあまりにもったいない。

それまでは短歌欄、俳句欄と並んで新聞紙上にあった漢詩欄は大正六年に消えたと聞く。また、北海道の公立図書館では、道内の市町村別に文芸専用の定期刊行物が収納されているものの、その中に漢詩はない。市民の文芸創作の対象から漢詩は駆逐されたかのような外観を呈する。私は、令和三年『網羅漢詩三百首』（クリピュア）を上梓したが、その序文をいただくために石川忠久先生に面談した際、漢詩をめぐる右の現状を踏まえその復興の途について話題を向けたところ、まあ任せるよとのことであった。その後、この点に意識を向けながら作詩を続け、日頃の考えをまとめて本書が成立した次第である。

漢詩は高校の国語の授業で習うので、多くの日本国民は接した経験を持つ。簡潔で力強い印象ではなかろうか。だから、漢文法をはじめとする漢詩を作る基礎知識は有している状態である。これは心強い。漢詩を作るには、感慨を自覚しこれを漢字変換する。中核は感慨にある。詩的センスがあれば、専門外の人も専門家と肩を並べて十分活躍することができる。漢詩創作人口の少ない今が開始の好機である。本書読了後、漢和辞典を手に入れて、早速一首試しに作ってみていただきたい。身近な話題、新聞記事を読んでの感想のような軽い感慨でよい。

俳句、短歌、川柳、現代詩などの諸文芸に親しんでおられる方々は、一番有利である。そこで得た感慨を使って、五言絶句を作ってみてはいかがであろうか。感慨をとらえる心配りにすでに長《た》けている分、漢詩作りの半ばは習得済みのようなものである。感慨を表現するもう一つの力強い手段を手に入れることができる。

本書に収録した漢詩全三〇首は私の自作である。詩聖とか詩仙とか尊ばれる人の作品ではない分、等身大の気分で接していただけようか。このうち五首は説明の都合上前記詩集から引用したが、その余はその後の新作である。七言絶句、五言律詩、七言律詩、五言排律が各一首あるほかはすべて五言絶句である。ご参考になれば幸いである。

『網羅漢詩三百首』は、今や、専門家でなくともここまで狙えるという現実的な目標となっており、初心者にも希望を与えるのではないか。

はしがきの締めくくりに七言律詩一首を掲げる。訃報に接した晩に作ったものである。

哭石川忠久老師

石川忠久老師を哭《こく》す

秩余講座接収音

秩余《ちつよ》の講座 収音に接し

告白声同初対今
脳裏言泉軽引例
胸中師法重伝心
十三月遡蕪詩版
幾百首盈神佑箴
訃報涙河孤静誓
会将新著報恩深

声は同じと告白す 初めて対する今
脳裏の言泉軽く例を引き
胸中の師法 伝心を重んず
十三月遡《さかのぼ》れば蕪詩《ぶし》の版
幾百首に盈《み》つ 神佑《しんゆう》の箴《いましめ》
訃報 涙河 孤《ひと》り静かに誓う
会《かなら》ず新著を将《も》て恩の深きに報《むく》いんと

語注：○**秩**　十年。○**講座**　ＮＨＫラジオ「漢詩をよむ」。○**収音**　ラジオ（現代中国語）。○**言泉**　言葉のいずみ。○**師法**　先生の教え。○**伝心**　言語や文字によらず、心から心につたえて自然に会得させる。○**神佑**　神の助け。

意訳：石川忠久先生を哭す
十年あまりに渡ってラジオの講座を聴いた。先生に初対面のとき「声はラジオと同じですね」と言ったことを今のことのように思い出す。先生の脳裏には言葉の泉があり軽く用例を引き、先生の胸中にある教え方は伝心を重んじた。今から十三月さかのぼると私の詩集が刊行された頃、幾百首には神の助けのような先生のいましめがあふれている。今先生の訃報に接して涙が川のように流れるが、一人静かに誓う。必ず新著をなして先生の深き学恩に報いると。

令和五年九月

井上　薫

目次

第四章 推敲

第五章 実作例

第一章　五言絶句創作をなぜ勧めるのか？

1　五言絶句とは？

一つの作品例から

五言絶句は漢詩の一種である。高校時代見る機会はあったものの忘れたという人もおられると思う。そこで、イメージを蘇らしていただくために一例（『網羅漢詩三百首』四六頁）を挙げる。

桂花

始終唯齷齪

桂花《けいか》

始終唯《た》だ齷齪《あくせく》

不覚祝融遷
停歩暗香巷
鱗雲高碧天

祝融《しゅくゆう》の遷《うつ》るを覚《おぼ》えず
歩を停《とど》む 暗香の巷《ちまた》
鱗雲《りんうん》 碧天《べきてん》に高し

語注：○**桂花**　モクセイの花。秋に芳香を放つ。○**齷齪**　こせこせしているさま。○**祝融**　夏の神。○**暗香**　どこからともなくただよってくるかおり。○**鱗雲**　うろこぐも。○**碧天**　あおぞら。

意訳：モクセイの花
常に齷齪していて夏が終わったのにも気づかない。どこからともなくモクセイの花のかおりがただよってくる街角で歩みをとめた。空を見上げると鱗雲が浮かび青空は高い。

特徴的なこと

「桂花」というのはこの詩の題である。詩の本体がその左に続く文字である。一行五字で四行あり合計二〇字になる。各行を句と呼ぶ。四つの句があり、登場順に第一句または起句、第二句または承句、第三句または転句、第四句または結句と呼ぶ。四句からなるのは絶句の特徴である。各句は、いずれも五文字から構成され、これを五言詩という。文字の位置は、一字目から五字目までである。漢詩には、そのほか七言詩もある。

題も詩本体も漢文で構成される。高校時代授業で習ったあの漢文である。漢文は、元来は中国語であり、日本人にとっては外国語である。ただ、日本人も漢字を使用しているので、日中の文法の違いを意識すれば漢文も日本語並みに理解することは可能である。ここが英語との関係とは異なる日本語の独自性である。漢文の読み下し（日本語に直したもの）が詩本体のすぐ下に示してある。承句の詩本体「不覚祝融遷」を「祝融の遷るを覚えず」と日本語で読むのである。中国語の発音はわからなくても差し支えない。この読み下しの方法は、日本が中国から漢字を受け入れて以来千年余の長きにわたる使用の過程で、先人が工夫を重ねて開発した中国語の理解の仕方である。かくして、漢詩を含む漢文は、現在「国語」すなわち日本語の一部として扱われている。高校の国語教科内で漢文の授業がなされているのは、このような歴史の結果である。中国語を知らない日本人は、詩本体を見て読み下しのように理解し、発音するしかないのである。

今一歩内容に踏み込んだ理解

この詩の中に明示されている作者の行動は「停歩」つまり「歩みをとめた」だけである。ただその直後に「青天に鱗雲が浮いている」と描写されているから、空を見上げたことは間接的ながら述べてあると理解すべきであろう。だから、もしこの流れの中で「空を仰ぎ見ると」という趣旨の語を挿入すると蛇足となる。これが省略の醍醐味である。以上をまとめると、作者は歩みをとめて空を見上げたら「青天に鱗雲が浮いている」のが見えたというつながりになる。

作者はなぜこのような行動を取ったのか？　その原因を端的に示すのが「暗香」すなわち「どこからともなくただよってくるかおり」である。暗香が何の香りであるかは詩本体には手がかりがない。それは題によってわかる仕掛けである。題に桂花とある以上、詩本体には桂花とかこれを示唆する語は入れない。省略の思想である。作者は、その覚えのある香りからこれはモクセイの芳香だと直感した。モクセイの芳香は秋の象徴である。暗香によって「今まさに秋である」ことを瞬間的に悟ったのである。念のため空を見上げたら、案の定秋のもう一つの象徴である鱗雲が青空に浮かんでいた。もう秋まっただ中であること間違いなし。詩の後半の理解はこれでよいだろう。

前半はどうであろうか？　すると「常に齷齪していて夏が終わったのにも気づかない」とある。普通に暮らしていると季節の移ろいぐらいわかるだろうと思うが、この作者は気がつかなかったという。そのわけは起句にあるとおり「常に齷齪していて」というから、季節の移ろいを感じている暇も心の余裕もないくらい齷齪としていたというのである。尋常でない様子がわかる。以上を総合すると、「桂花のよい香りで秋を知ったという話」がこの詩のテーマであることがわかる。

これは私の実体験である。作詩から何年か経った今見返すと、題も詩本体も丸ごと当時の心のままである。日時までは覚えていないが、場所は覚えている。ただ、後半の動作に要する時間はせいぜい数秒である。脳内の思考は一秒もない。一瞬の出来事であった。普通このような一瞬の些細なことはすぐ忘れて記憶するには至らない。それが私は胸を打たれ感慨として心に残ったのである。程なくして作詩に至った。この実体験から作詩に至る感慨とこれをもとに一首をなそうという心理に思いを馳せていただきたい。これがないとこの詩は生まれなかったのである。この間の心の動きと実際の行動を検証し有用な知見を一般化する作業が大事である。第二章はこの点をクローズアップする。

五首で習得するように

これで、五言絶句とは何かはわかったと思う。本体わずか二〇字の作品だが、十分な理解をするには作品の分析能力と社会常識が必要である。今見た五言絶句「桂花」は私が創作した作品であるが、他人の創作した作品を読むだけではなく、自ら創作してみよう、創作をお勧めするというのが本書のテーマである。本書を最後まで読み終わってそこにある五言絶句の作り方を実践して作り方を習得しましょうという試みである。五首作れば作り方は習得する予定でいる。

2　五言絶句の相対的位置づけ

文学作品の中での位置づけ

文学とは、「言語によって人間の外界および内界を表現する芸術作品。詩歌・小説・物語・随筆などから成る。文芸」（広辞苑）という意味である。書店に行けば膨大な文学作品が手に入る。その中で、五言絶句はどのように位置づけられるであろうか。新たに五言絶句に手を染めてみようかという人にとっては気になる話題である。

俳句

五句、七句、五句の合計一七文字で表現される世界である。その文字数は平仮名で勘定する。極めて短い形式である。現代語で平仮名で短いので親しみやすく、季語などの一定の約束事を守れば割と容易に作れそうである。私は、小学生の時授業で先生の指導の下に作った記憶がある。小学生でも作れるくらいやさしいという点は普及の関門を低くする。現在の俳句人口は二〇〇万人とか一千万人とか言われている。文学作品の中で最もポピュラーなものである。俳句を作る人の結社は数知れず、カルチャーセンターの講座には必ず俳句創作が含まれている。新聞の紙面には、読者の投稿した作品を選んだ秀作を登載する「俳壇」の欄が設けられている。俳句を専門に扱う月刊誌もある。

短歌と川柳も

短歌は、五句、七句、五句、七句、七句の合計三一文字で表現される世界である。その文字数は平仮名で勘定する。その形式は、日本古来の和歌の伝統を継ぐが、今では現代語でも作れるし、俳句のような季語は必要ないので、かなり作りやすくなっている。その理解には文語文法が必須である百人一首すらわからなくても、今の短歌は作れるのである。

新聞に「歌壇」欄があり、短歌専門の月刊誌がある点も俳句と同じである。ただ、作る人口は、俳句の何分の一などと言われている。川柳は形式は短歌と同じであるが、ユーモアや時事に触れた、思わずニヤリとさせられる機知が特徴である。短歌よりも作る人口は多いという。

新島守の例

後鳥羽上皇が、承久の乱に敗れて隠岐に流されたとき詠んだ和歌の一つに「我こそは新島もりよ隠岐の海の荒き浪かぜ心して吹け」（『増鏡』所収）がある。政治に和歌にその他諸分野で長けた治天の君たる上皇が、東夷とさげすんだ関東武者の力に完敗し、政治の世界から引きずり下ろされたばかりか、こともあろうに日本海の絶島である隠岐の島（正確にはその中の中ノ島）に流された。その後の武家政権を決定づけた日本史上の大事件である。私は、中ノ島の上皇の行在所跡や火葬塚を見て、京都で最高権力者として君臨していた上皇の心中を思いやった。絶島に流されその悲嘆に暮れるばかりかと思ったら、今見たような風波に命令するまさに天子の気概に圧倒された。天子以外にはこのような発想すら難しい。この和歌を契機に私が作った七言絶句（『網羅漢詩三百首』一四八頁）を示す。

新島主

聖帝鴻猷不得時
独流絶島意応萎
豈図叡慮却高達
威命風波勿太吹

新島主《しんとうしゅ》

聖帝の鴻猷《こうゆう》 時を得ず
独り絶島に流され意応《こころまさ》に萎《な》ゆべし
豈《あ》に図《はか》らんや 叡慮《えいりょ》却《かえ》って高達し
風波に威命す 太《はなは》だしく吹く勿《なか》れと

語注：○**聖帝**　ここでは後鳥羽上皇。○**鴻猷**　大きなはかりごと。ここでは鎌倉幕府を討伐すること。○**絶島**　絶海の孤島。ここでは隠岐の島。

意訳：新島守《にいじまもり》
後鳥羽上皇の倒幕計画は時の利を得ていなかった。一人で絶海の孤島隠岐の島に流され当然心がなえるはずである。ところが予想外にも上皇の心はかえって高まり、風波に激しく吹くなとおごそかに命じる。

このように古来の和歌を漢詩に仕立て直すこともできるのである。ここで、「応」の一文字が効果を発揮している。この字は事態を当然ととらえる語感を有する。心が萎えて当然だ。「ところが実際には逆に」といって転句につなげるのである。ここに常識を越えた事の次第が明らかとなる。この詩はここが味噌である。

長歌と反歌

長歌とは、和歌の一首で「五七調を反復して連ね、終末を多く七・七とするもの。普通はその後に反歌を伴う」（広辞苑）。平安時代以後衰微したという。反歌は、「長歌の後によみ添える短歌。長歌の意を反復・補足し、または要約するもの」（広辞苑）。

山上憶良「子らを思へる歌」（万葉集巻五）を例に挙げる。細部の解釈ではなく、長歌と反歌の実際を理解されたい。まず長歌を見よう。

瓜《うり》食《は》めば　子供思ほゆ　栗食めば　まして思《しの》はゆ　何処《いづく》より　来りしものぞ　眼交《まなかひ》に
もとな懸りて　安眠《やすい》し寝《な》さぬ

これに続く反歌は次のとおり。こちらの方が有名である。うまく長歌の要約となっている。

銀《しろがね》も金《くがね》も玉も何せむに勝れる宝子に及《し》かめやも

汎ヨーロッパピクニックの例

長歌と反歌の関係を漢詩でも見てみよう。汎ヨーロッパピクニックは、一九八九年八月一九日に開催された。西側に行きたくても行けない東ドイツ人を助けるためにハンガリーの民間人が中心となって脱出計画を企画し、同政府も裏で後押しした。その脱出は多人数のよるピクニックのどさくさを利用するというもので、国境警備隊は脱出を黙認した。このようなやり方はソ連の目を欺き、ハンガリー動乱の二の舞を避けるという趣旨。日本では遠いところの話であまり知られていないが、私はこの歴史を知りかねてから現地を見たいと思っていたので、ハンガリー旅行で訪れたのである。そこで「泛欧野餐」(『網羅漢詩三百首』二六〇頁)と題する詩を作った。右の説明を前提にしてピクニックに至る経緯と現地に臨んでの私の感慨をまとめたものである。特に、多人数の東ドイツ人を救う具体的手段がピクニックの開催という日本人にはちょっと思いつかない意表を突いた方法であった点とこのピクニックを契機として東欧諸国の共産党政権が次々と崩壊した点に心を動かされた。五言排律で二四句である。全部で一二〇字に達する長い詩であるから、ここに全体を引用することはしない。この詩のすぐ後（二六五頁）に次の五言絶句を登載した。これは、「泛欧野餐」詩を長歌とみた場合の反歌に相当する。

泛欧野餐公園

同餐三万側
亡命一千情
誰計此豪挙
徐看紀念荊

泛欧野餐公園《はんおうやさんこうえん》

同《とも》に餐《く》らう三万の側《かたわ》ら
亡命 一千の情
誰か計《はか》らん 此の豪挙《ごうきょ》
徐《おもむ》ろに看《み》る 紀念の荊《いばら》

語注：○**泛欧**　全ヨーロッパ。泛の字は名詞についてひろくそのすべてにわたるという意味を示す。日本語では汎の字も使われる。○**野餐**　ピクニック（現代中国語）。○**公園**　ここでは汎ヨーロッパピクニック計画記念公園を指す。ハンガリーのショプロン郊外でオーストリア国境の脇にある。**○豪挙**　おとこぎのある盛んな振る舞い。**○紀念**　後日の思い出に残しておくこと。**○荊**　有刺鉄線。ポーランドのアウシュビッツ強制収容所のものとよく似ている。

意訳：汎ヨーロッパピクニック計画記念公園

一緒に食事をする三万人の脇で、亡命した千人の心。このようなおとこぎのある盛んな振る舞いを誰が計画したのか。紀念に残されている旧時国境線にあった有刺鉄線をじっくりと見る。

小説

古くからの物語の現代版ともいえるが、漢詩に代表される韻文特有の制約から解放され、創作の自由度は格段に高まった。今の日本人も日頃の知識で十分に読みこなせるので、今や文学の中心となっている。

網羅漢詩一七六頁所収の「大黒屋光太夫三十韻」詩は五言排律で、この詩集の中で最長の六〇句(三〇韻)、三〇〇字を有する。大黒屋光太夫は、江戸時代の天明二年(一七八二年)漂流してロシア領に漂着。強烈な帰郷の希望を持ち続けロシア皇帝から正式に帰国許可を得て一〇年ごしで帰国したが、幕府にはゆるい軟禁生活を強いられ、帰郷は一度だけでロシアでの見聞の自由な活用も禁じられたまま没した。その無念を思った。この詩は、五言絶句を習得すれば、いずれこのような小説と肩を並べることができるような長編の漢詩にも挑戦できるという見本である。

その漂流から帰国までの様子は、光太夫から聞き取りをした蘭学者桂川甫周が著述した『北槎聞略』で足りる。今は岩波文庫版で入手できる。私は、これに加えて吉村昭の小説『大黒屋光太夫』（岩波書店、歴史小説集成五）も読み参酌した。この詩を作る前には、一年ほどかけてその他もろもろの資料を入手して読み込み、改めて独自の感慨を形成して作詩に入った。こうなると漢詩作成も小説執筆と相繋がるところがあるように思われる。

動画・写真との比較

近時は、旅行や記念のことがあると、見たところを記録するのに写真や動画を使うことが多い。記録といっても至って簡単だし、その後の加工や保存も容易である。もはや、写真でまかなえる範囲内では他に出る幕はないかのようである。しかし、私は写真の代わりに漢詩で記録を実践する場合が少なくない。いつという決まりはないが、心に感動を催した場合には詩想が浮かびやすい。

　写真は客観的に存在する物をそのまま記録する。でも、漢詩で残すとなれば、情景のみならず心情や感慨が差し挟まれる。当時、何を思ったのかが作品に織り込まれる。同じ記念といっても心情や感慨付きの記念である。写真とは違った独自の価値がある。動画は、写真とは桁違いに情報量が多い。その分、時の経過を記録することができる。これを漢詩にした場合、情報量の多さから長詩になる可能性がある。この点、文字数が固定されている俳句や短歌ではまかないきれない場合によく適合する。漢詩の一つの長所である。では、実際の事例で、写真や動画の代わりとなる漢詩の作品例を見てみよう。

日食の例

　平成二一年（二〇〇九年）七月二二日中国浙江省杭州市にある西湖の孤山近くで皆既日食を見た記録を漢詩にした。「己丑西湖偶食」詩（『網羅漢詩三百首』三二六頁）である。二四句、一二〇字の五言排律である。ここで、己丑とは干支で、つちのとうし。ここでは平成二一年。遇食のうちの食とは月日などが欠けること。遇とは元来「思いがけず出会う」の意。私は当然皆既日食の起こるのを知ってわざわざ行ったのだが、場所や天候で左右され、なお偶然的要素があるので、敢えて用いた。皆既日食が観察される地は帯状に広がりその中央が皆既の時間が長い。その他、交通や観察の環境、天気予報などにもよるので、各自の価値観によって選択する。私は皆既時間はやや劣るが、風光明媚で動植物の観察にも適した西湖を選んだ。

西湖は、しだれ柳が湖畔に並び、東京上野の不忍池に似ている。その柳樹に夥しい蝉がとまり、その鳴き声がすさまじい。これが真っ黒な太陽が出現すると一斉に鳴き止んだのである。例外なしに。これには驚いた。また、鳥は夜が来たと勘違いして帰巣を急ぐ。大声を出しあわてふためく鳥にまたびっくり。皆既状態が五分ほど続き気温が五度下がった。湖面には涼しい風が吹き渡る。にわかに夜になり、星も出ている。これらの現象は、克明にメモを取った。事前に調べて知っていた現象をその場で確認したばかりか、予想もしていなかったこともあった。これらのメモを元に作詩をした。漢詩の描写は、皆既日食が始まる少し前から始まり、皆既状態の様子、再び太陽が現れるときのダイヤモンドリングも取り入れた。当然、写実的に時の経過に従ってまるで動画のような作品となった。

現地には、日食を見るために多くの人がひしめいた。そのほとんどの人は、写真や動画で記録しようとしていた。フランスから来たという若い女性は、二〇〇万円したという高級レンズを自慢していた。内心「雨が降らなくてよかったね」とつぶやいた。日本人観光客も団体で来ていた。皆てるてる坊主を腰にぶら下げてうまく動画が撮れているかに関心が集中し、私のように周囲の環境を気にする人は見かけなかった。このように、記録の手段を写真や動画にするか漢詩にするかで、事前の準備はもちろん、現場での関心の対象や行動もまるで違うのである。私は、初めて見た皆既日食に酔い、漢詩創作の絶好の機会に遭遇した天運に感謝した。その時、余り離れていない上海では雨で黒い太陽は見ることができなかったという。

デンマーク衛兵の例

もう一首、写真や動画の代わりとなる漢詩の作品例を見る。五言律詩「丹麦《デンマーク》衛兵交代」(『網羅漢詩三百首』四一四頁)である。初めの六句で衛兵交代の様子が詠われる。その最後の部分では、衛兵が粛粛と去って行く足音が印象的である。

衛兵交代の儀式は、今ではほとんど外国人観光客のためのようだ。外国人向けに英語での解説もあった。詩が描く光景は、衛兵交代の儀式であるから、だいたい想像がつくであろう。「繭を使った操り人形みたい」というところに儀式のまとめが象徴的に画かれている。

しかし、この詩の感慨は別の所にある。最後の二句である。つまり、「その後同様の響きがあったので振り向くと、幼い子どもたちが衛兵のまねをしている」の箇所である。いかにも子供らしく、回りの観光客もほほえましく見ている。多数の国からやってきた多くの人が同様の感慨を抱いた一瞬である。むろん、動画で記録すれば儀式全体が入り、旅行の記念になるだろう。しかし、儀式後の幼児の行動は含まれないだろう。私は、儀式本体よりも、この幼児の行動に心を引かれたのである。この幼児の行動がなければ作詩しなかったかもしれない。ここに私の感慨の特殊性がある。写真や動画とは別の記念が誕生する経緯が明らかである。

記録手段の多様性

今見た二首の作詩例にあるように、現代では普通は見た物を記録する手段としては写真や動画が中心である。それは、私が現場で見た他の観光者の行動を思い出せば明らかである。私が漢詩で記録したことは、漢詩という別の手段があったことを示す。この本の読者には、ここに着目していただきたい。私は、漢詩で記録ができるから他の手段はいらないというのではない。漢詩は他の手段と並行して取りうると言いたいのである。

頭脳で文字に組み換える意味

写真や動画による記録は客観的で写実的なのに対し、文字を用いる文学では、文字が人の頭脳による認識を媒介する以上、必然的に頭脳による制約を受ける。頭脳により自覚されない事象は文字になって出てくるわけがない。目の前にある事象でも、関心がなかったり、他に気を取られたりすると、結果として記憶に残らず、文学に取り込まれないこともありうる。漢詩創作でもことは同じ。感慨が残る点を中心とする文学なのである。写真や動画による記録が客観的であるのに対し、漢詩は主観的なのである。作者の心の動き、感慨の有無やありかに大きく左右される。だから、目の前にある二つの物体も、関心を引く一方は詩に取り込まれるのに対し、関心のない他方は無視されこの世に存在しないかのように描かれる。風景を客観的に描写しているだけに見える漢詩も、そこで描写の対象となるという判断が先行し、それにより関心の対象となっていることを黙示で語っているのである。むろん、写真であっても、ある場面を写真に残そうという判断が一定の心の結果であることは間違いないが、漢詩の対象とすることは、より強く心引かれた結果だといってよいだろう。

心情中心の人生の軌跡が残せる

写真のアルバムに撮影日と撮影場所を書き添えただけの記録でも、人生の記録になることは誰しも覚えのあることである。ただそれは、客観的な記録に近い。これに対し、もし漢詩で人生を記録したらどうなるであろうか。その時々の心情を強く前面に出した主観的な記録になること間違いない。両者、このように本質的性質が違うので、場合によりまた必要により、適宜使い分けることができる。心の中で重大な決意を込めたときでも、非常に哀しい辛いときでも、写真なら余り差はでないが、漢詩ならその点を強調して描くことができる。漢詩特有の誇張表現を使えば、正にぴったりである。

ファンタジーの世界に遊ぶ

心情を極大化させてゆくと、現実世界と虚構の世界が入り交じり、さらにはファンタジー（幻想）の世界に至る。文学の世界は、裁判所の事実認定とは違い、虚構を使ってももちろん構わない。『網羅漢詩三百首』第二章では「虚構編」と題して二六首を収める。これらの詩題のヒントは、ギリシャ神話、聖書、歌舞伎、文楽、日本昔話などに取材し、何でもありの状態である。今新たに五言律詩一首加える。

薔薇

毎朝来美鳥
花迓以清香
秋度南方宙
常根直隷郷
嘴言春日見
弁悟夏天亡
温暖前途上
目眩佳趣長

薔薇《しょうび》

毎朝 美鳥来《きた》る
花は迓《むか》うるに清香を以てす
秋には度《わた》る 南方の宙《そら》
常に根ざす 直隷の郷《さと》
嘴《くちばし》は言う 春日見《まみ》えんと
弁《はなびら》は悟る 夏天亡ぶと
温暖な前途の上《ほとり》
目眩《くるめ》く佳趣長し

語注：○直隷　政府などに直接に隷属すること。直隷省（ほぼ北京市・天津市。河北省にあたる）。ここでは首都圏ほどの意。

意訳：薔薇

毎朝美しい鳥が来た。花は清らかな香りを出して迎えた。鳥は秋になると南方へわたるが、花は首都圏の街に根ざしている。鳥は「春にまた会おう」と言ったが、花は夏の交際は終わったと悟った。鳥が飛んで行く温暖な前途の辺りには、目も眩む美しい趣がたくさんあるだろうから。

舞台裏

ある女性の初恋の思い出である。薔薇《ばら》＝花＝弁は女性、鳥、嘴は男性を象徴する。比喩や用語の選択は私のイメージによる。第五句までは同じ流れで、第六句でその流れがストップする。予期できないし、その理由も想像しがたい。補足説明として第七句と第八句がある。後は読者の想像に任せる趣旨である。

詩型の種類と特徴

一句が五つの文字から構成される詩が五言詩《ごごんし》で、一句が七つの文字から構成される詩が七言詩《しちごんし》である。絶句は四句から成り、律詩は八句から成る。ただし、絶句や律詩となるためには、一句中の文字数と句数の制限の他に、第三章で述べる脚韻《きゃくいん》と平仄《ひょうそく》の制限にも従う必要がある。さらに律詩では、第三句と第四句は対句にする必要があり、この点は、第五句と第六句も同じである。以上で四種類の詩型が登場した。

五言詩には、五言絶句、五言律詩があり、

七言詩には、七言絶句、七言律詩がある。

さらに、律詩の対句を増やし一〇句以上にしたものを排律という。句数に制限はなく、実際に二〇〇句の作品もある。やはり五言排律と七言排律に分かれる。

以上に見た漢詩の形式は唐代に完成され、近体詩と呼ばれる。本書中これまでに掲載した詩の中でいうと、哭石川忠久老師詩は七言律詩、桂花詩と泛欧野餐公園詩は五言絶句、新島主詩は七言絶句、薔薇詩は五言律詩である。

それ以外に、近体詩以前の古詩がある。脚韻はあるが他の制約は少ない。やはり五言詩と七言詩があるが、本書では扱わない。高校の漢文の教科書でよく取り上げられる白楽天の長恨歌は一二〇句の七言古詩である。

取っつきやすさから

以上に見た詩型の中で初心者に勧めるべきはどれか？　私は五言絶句を勧める。だから、その趣旨を実践するために本書を書いた。その理由から考えてみたい。
まず詩本体の字数に着目しよう。
五言絶句　二〇字
七言絶句　二八字
五言律詩　四〇字
七言律詩　五六字
初心者は、脚韻も平仄もわからず、一つの漢字に出会うたびに漢和辞典を引いて調べる必要がある。最小の五言絶句でも二〇字あるから最低でも二〇回は漢和辞典を引く必要がある。実際には、候補と考えた漢字あるいは熟語が規則や詩想に合わずやり直すことがしばしばで、その二、三倍の回数漢和辞典を引くことになることが多い。その負担の多さからすると、初心者が手を染める詩型は字数が少ないことが最高の利点である。また、脚韻や平仄の勉強は五言絶句創作の過程で習うので十分であり、そこで習得した知識はそのまま他の詩型でも応用できる。よって、初心者の創作の対象は五言絶句に絞るべきである。

重なり合う文学作品

ある感慨を文学作品に残したいと考えたとき、これまで述べてきた俳句、短歌、川柳、小説でもありうるし、漢詩でもよい。その他、英詩を始め諸外国の詩歌もその候補になりうる。一つの型式で感慨を籠めた作品が完成した場合でも、他の型式で重ねて創作することもありうる。一つの文学作品に籠めた感慨を他の型式に仕立て直すこともできる。先に見た後鳥羽上皇の和歌「新島守」を踏まえて七言絶句の新島主詩を創作したのはその一例となる。このように、文学作品は、型式を異にしても相互に影響し、仕立て直すこともできる。

俳句と通じる省略の技法

今の日本で流行する俳句は仮名で一七文字、短歌と川柳は仮名で三一文字である。日本の文学作品の主流は、俳句に代表される短い型式といってよい。今一番短い俳句を話題に上げる。一七字で言えることは限られており、いかに中核を残し他を省くかが重要な技術となる。その歴史は漢詩と比べてはるかに短いけれども、今の日本での創作人口の多さからして、省略の技術を駆使した短い型式は、文学創作の環境の圧倒的部分を占めるということができる。この環境の中で漢詩を作り始めるとしたら、五言絶句が一番親しみやすい。

3　五言絶句ならではのプラスな点

簡潔さ

漢詩に限らず漢文自体が簡潔である。中国古典では記述が簡潔すぎて今の感覚からすると理解しがたい点が少なくない。特に、五言絶句ではその傾向は最高レベルに達する。わずか二〇字で全宇宙を表現しなければならない。極端に強いこの制約を苦とも思わず自らの感慨を籠める作詩は、知的冒険譚といえるだろう。

漢文調の力強さ

漢文を読み下すと、力強さを感じる。それは高校の教科書でも実感されたのではあるまいか。今の日常会話では、「かもしれない」とか「ある意味では」とか、婉曲というか断定しない言い方が普及してまだるっこい表現に満ちあふれている。簡潔さが原因となって漢文調の力強さが担保されている。読む人には独特の感銘を与える。

情報量の確保

五言絶句は二〇字と字数が最も制限されているとはいえ、俳句よりはだいぶ多い。俳句の文字数は仮名で数えるのに対し、漢詩はむろんすべて漢字である。漢字は表意文字であり、使い方によっては一文字で仮名ではまねできない情報を籠めることができる。たとえば、「酣」でたけなわと訓読して「物事のまっさかり」を表現することができ、「奈」でいかんせんと訓読して「どうしたらよいであろうか」などという意味を表すことができる。

このような調子で二〇字を使ったらかなりの情報を籠めることができる。字数が最少の五言絶句でもうまくすれば独自の世界を創作することができるのである。ましてや、律詩や排律のような字数の多い詩型を使えば、その情報量に応じて十分な文学的展開を保障する。長い古詩や排律ともなれば、長いストーリーも可能となり、小説と余り変わらない展開を表現することすらできる。

瞬間も物語風も可

五言絶句は最短の詩型であるから、普通に考えると、瞬間的な話題に適しているといえよう。例を挙げる。

剎那之恋

英雄争女族
騎上掲軽鋒
冑下瞥花臉
已然穿雪胸

剎那《せつな》の恋

英雄 女族と争い
騎上軽鋒《けいほう》を掲《かか》ぐ
冑下花臉《ちゅうかかけん》を瞥《み》るも
已然《いぜん》として雪胸を穿《うが》つ

語注：〇**軽鋒**　軽いほこさき。〇**冑下**　かぶとの下。

意訳：剎那の恋
　英雄アキレウスは女族アマゾネスの長《おさ》ペンテシレイアと戦い、騎馬の上から軽いほこさきを掲げた。彼女のかぶとの下に花のかんばせがちらっと見えたものの、ほこさきはすでに彼女の雪のような白い胸を貫いていた。

ギリシャ神話の一場面である。題に「剎那の恋」とあるように、アキレウスは、ペンテシレイアの花のように美しいかんばせを見た瞬間恋に陥ったのである。しかしもう遅い。ほこさきは彼女の雪のような白い胸をすでに貫いていたというのである。アキレウスの後悔やら無念やらが言われなくとも伝わってくる。題にあるように、瞬間的な話題を取り上げた五言絶句の好個の例である。

これに対し、五言絶句でも物語風の作品（『網羅漢詩三百首』三九〇頁）もできないではない。

歩月

嵦嵦山気径
坐向水声辺
驚殺虹霓戯

歩月《ほげつ》

嵦嵦《がいがい》たる山気の径《こみち》
坐《そぞ》ろに向かう 水声の辺《へん》
驚殺《きょうさつ》す 虹霓《こうげい》戯《たわむ》るに

幽光瀑布前

幽光《ゆうこう》瀑布《ばくふ》の前

語注：○**歩月**　満月の夜に出歩く。○**皚皚**　雪や霜の白いさま。○**驚殺**　非常に驚く。○**虹霓**　古代中国ではにじは竜の一種と考え、その雄《おす》を虹と呼び、雌《めす》を霓と呼んだ。虫偏は竜を表す。○**幽光**　かすかな光。

意訳：満月の夜の散歩
（月光に照らされて）白く見える山の気配のするこみち。何となく水の音がする辺りへ向かう。にじが出ているには驚いた。滝の前の微かな光。

これは瞬間的な話ではない。満月の夜の散歩であるから、のんびりした時間が経過する。自分でも知らないうちに水音がする方向に足が向かっていた。そして水音の原因である滝が見えたところで月光に由来するにじに出会ったのである。ある程度の時間をかけたストーリーが読み取れる。五言絶句でもこのような使い方もできる。三〇秒もないようなテレビのコマーシャルでもドラマ風の展開を持つものもある。五言絶句でのストーリーの展開は、このようなドラマ風の展開と趣向が似ていておもしろい。

文学形式の完成度が高い

漢詩の歴史は中国では二千年を超え、日本でも千年を超える。文学形式の完成度は行くところまで行ったといえる。したがって、所定の規則にさえ従えば、安心して真似をし過去から続く流れに乗ることができる。その先行作品は無数にある。これから漢詩創作を始めようと思っている人にとって、真似するものはいくらでもあるのである。

マンネリ化の打破

俳句や短歌、川柳の創作を続けている方々は、所属する会の意向や参考書などの制約から必ずしも満足できないにもかかわらず、マンネリ化の状態から抜け出せない人もいるのではないか。そのような場合、搦め手のつもりで五言絶句の創作に手を伸ばしてはいかがであろうか。新たな発見や感慨のあり方、そのまとめ方、表現の仕方で参考になることが少なくないと思う。現在漢詩創作人口が少ないだけに新たな活躍をする余地は大きい。また、そこで得た新しい知見をもって以前から続ける俳句や短歌、川柳の創作に新風を吹き込むこともできよう。双方にとってのマンネリ化の打破につながる。

4　習得の成果

達成感のある日常

一つの文学作品ができあがれば、達成感が得られることは、俳句や短歌、川柳でも同じである。それを求めて、あるいはそれも求めて作り続ける。達成感は心地よいものであり、創作が楽しくなりまたやろうという気にさせてくれる。これは、他のことでも同様であろう。生命の危険がある登山でも同じであろうか。手に入れる事が困難な場合ほど達成感は強くなる。作者の満足度もそれに比例する。元来義務でもないことを趣味として続けるには、主観的な満足に心引かれてという牽引力が必要である。漢詩創作が比較的困難という最初の認識があるのなら、それはむしろ達成感を大きくさせることが予想されるため、チャレンジする甲斐を基礎づけるともいえそうである。新たな漢詩創作が日常を好ましい方へ変えてくれる可能性がある。

日常生活での実用上心がけること

自作の漢詩を日常生活の中で実用する際に注意すべき点を挙げる。わかりやすい内容にすべきである。漢詩の会に提出するなら同レベルの読み手を想定してよいわけであるが、それ以外の一般社会へ向けた発信となると、読み手中心で考え、その理解を得られるようできるだけやさしくすべきである。平均的な日本人を想定し、余り知らない漢字や熟語、古典の引用は避け、一度読んだらわかったというやさしさが必要である。そのためもあって、一般社会向けには短い詩型、端的にいって五言絶句が最適である。長くなればなるほど相手は読んでくれない。

社交の手段

年賀状に自作の漢詩を載せるのは励みにもなり、広く勧めたい。ただ、前に述べたとおり五言絶句に限る。説明不用なやさしい内容がよい。暑中見舞や引っ越しなどの挨拶でも有用である。

知人の訃報に接したときに人を哭する詩を作ったり、結婚祝い、出生祝い、新築祝い、合格祝いなど、人付き合いの場面に応じて作ればよい。漢詩は堅い正式なイメージがあるから、公式な場合でも使用することができる。

ファンレター

私は、芝居見物後に特に感激した場合、ファンレターの一種として自作の漢詩を送ることがある。相手の役者さんも余り例がないことにびっくりされるかもしれないが、お礼の返書が届く場合もある。旅行先で出会った人やお世話になった人に、気持ちを漢詩で伝えることもある。社交の場面に応じてさまざまな用途が考えられよう。

旅行記念

旅行は非日常の連続である。特に思いを巡らすまでもなく自然と詩にふさわしい感慨が続きやすい。漢詩創作には都合がよい。感慨は長続きするとは限らないので、感慨を催したときにメモを取ることを勧めたい。メモと写真があれば、時間が経ってからでも今見てきたような作品ができることもある。一回の旅で各地で詩を作ると詩による旅日記のようなものもできる。写真とは違った旅の記念となろう。

掛け軸や扇子

自作の漢詩の中で特に気に入っている作品は、掛け軸や扇子に墨書して実用することができる。冒頭に掲げた桂花詩は、軸装にして初秋になると床の間に掛けている。中国旅行すると筆一本で生活している大道芸人に出会うことが少なくない。よい詩ができると、掛け軸や扇子に書いてもらうことがある。書家は、現代中国で使用する簡体字《かんたいじ》のほか伝統的な旧字体を知ってるのはもちろん、詩の規則にも詳しい人が少なくない。書いている途中でこの字は韻字にしてはおかしいというのでみたら、現代中国語ではたしかに音が合わないので、これは唐代の音で作っていると問答していると、周囲に多くの人が群がってきて楽しいひとときを過ごしたことがあった。

鑑賞能力の向上

漢詩を作ることによって漢詩を鑑賞する能力が高まる。平仄を合わせるために倒置法を使ったなとか、韻字の都合でやや稀なこの字を使ったなとか、作者の工夫の跡がわかる場合もある。千年も昔の作者と心が相通じた感じがして鑑賞の質も余韻もかなり高まる。ただ古人の作品を読んでいるだけの人に対しては、もったいない気がしてならない。

表現手段が増す

現在、俳句や短歌、川柳を創作している人は、漢詩を作ることによって感慨を表現する手段が一つ増えたことを意味する。どの手段でも表現できる場合もあるが、情報量が多すぎて俳句や短歌では収まりきらない場合がある。漢詩でもさすがに五言絶句では無理でも、排律にすると無理なく収まるということがある。漢詩という表現手段を物にした人だけが満足する場面である。

感慨が研ぎ澄まされる

日頃漢詩を作っていると、感慨を漢詩にまとめる要領がわかり、感慨をメモする段階で感慨に対する考え方や新たな勉強の余地が湧いてくることがある。それにふさわしい感慨かもしれないという直感が鋭くなり、同じ物を見る目が変わってくる。詩人の目というのであろうか。無理に詩題を探さなくても身近なところに発見することにつながる。

漢字を深く知る

漢詩創作を始めると、韻字と平仄を知ることになる。日本人は、普通に暮らしていると知らなくてもよい知識である。そのほか、一つの漢字に複数の、ときには十を超える意義がある例に接し、漢字の世界の奥深さに感心したことが数多くあった。日本人は、成人に達すると漢和辞典はほとんど使わないが、漢詩創作を始めるとこれがコペルニクス的転換をして一番使う辞典となる。知らないうちに、もう一つ外国語を身につけたというほどの知識が自然と身につくのである。漢字を発明した古代中国人の偉大さを思わざるをえない。

向上心の鍛錬

もう十分知っているはずの漢字にその他の意義や用法がたくさんあることを知り、これを使えば完成したはずの漢詩にさらに手を加えてよい作品に仕立て直すことが日頃起こることになる。向上心が途切れることなく自然と持続し、全体として向上心の鍛錬になっていることも少なくない。老人になると向上心のない日々を送る人が少なくないが、漢詩を創作するようになると、おそらく死ぬまで向上心を抱き続けるのではないかと思う。

有為の人と知り合える

漢詩を作るようになり詩会に参加すると、当然漢詩仲間と知り合いになる。彼らは、漢詩創作が趣味という共通点で繋がっているのだが、その余は仕事も専門もいろいろである。

次第にはからずも社会の有為の人と知り合ったという場合が少なくない。実際の詩会では、メンバーの半数は理科系で経歴からはわからないもう一つの人の側面をうかがうことができる。

金にならないことをする余裕

ある中国人の中年女性に漢詩創作を勧めたら、日本語で「金にならないことはしない」といわれたことがあり、その時に思った。漢詩を作る人は、金にならないことをする余裕があり、その分精神的な豊かさを味わうことができるのではないかと。俳句や短歌、川柳でも理屈は同じだが、漢詩創作は初心者の壁が高いと思われている分だけ、その効果は大きいのではないか。

5　非専門家が専門家と肩を並べて活躍しうる

膨大な中国古典

中国の古典は膨大である。書店で明治書院の新釈漢文体系を一瞥するだけで心からそう思う。一〇年間家に籠もり読み続けてもどこまで読めるか。古人の漢詩をまとめた書籍もまた膨大である。日本の書店では漢詩のコーナーは少ないから余り実感は湧かないが、中国の大型書店では、さすが漢詩の本家と叫びたくなるような膨大な関連書籍がある。正面から読んでいては、作り始める前に一生終わってしまう。

古典は知らなくても作れる

中国の古典や古人の漢詩を知らずして漢詩が作れるのかと疑問を抱く人も少なくないのではないか。しかし、知らずとも作れるのである。本書第二章にあるように、感慨から詩想の構成を経て、第三章の漢字変換をすれば、漢詩はできる。結果の善し悪しは、主に感慨の善し悪しによる。では古典や作詩例を知ってどのように役に立つのか。古典や作詩例には、多くの熟語とその使用例が含まれており、筋書の展開の仕方やクライマックスの決め方など実用的な知見が盛りだくさんなので、これらを参考にして作詩能力を高めることができる。

ライフワークに丁度よい

中国の古典と古人の漢詩を読めば、作詩の参考になることは間違いない。ただ、膨大な量からしてもう学び終わったとなることはありえない。作詩を続けながら一生学び続けることになる。漢詩創作はライフワークにぴったりである。少しがんばるとすぐ学び終わってしまうのではやりがいがないと感じる人におあつらえ向きである。

感慨が勝負所

漢詩を作り始めた人は、誰でも良い詩を作りたいと願う。そのために古典や古人の漢詩を読みあさっても膨大な労力と時間を費やす割には期待したほどの効果はない。改めて思案するに良い作品をもたらす根本は感慨にある。ここが勝負所である。だからどのようにして感慨を自覚し記録し作詩に結びつけるかが、作詩上の重要点となる。

専門知識の量で詩の善し悪しは決まらない

感慨が作詩の勝負所とすると、専門知識の量で詩のレベルは決定されないことになる。ということは、非専門家は、専門家と互角に作詩することができることになる。むろん、専門家は非専門家が知らない古典を引用して他では見られない作品をなすことができたとしても、それは一般の読者が理解できないためわからない作品となること必定である。作品を理解し合って文学の土俵を広げようというならば、専門知識は障害になることすらある。

専門知識はなくとも漢詩は作れると信じてほしい。

6 五首で習得するために

最初に最低限覚えること

漢詩創作を始める際に、最初に最低限覚えるべき事柄を自覚する必要がある。それが第二章で述べる感慨から詩想を構成する作業、それと第三章で述べる漢字変換に不可欠な漢詩の規則を習得することである。よい漢詩を作るためには、前者の作業が重要であることを知るべきである。

本書の提案

本書は、先に述べたとおり、五言絶句の作り方を習得するのに、特段の予習なくして五首を作る過程で達成することを提案する。この五首を作る途中で、感慨から詩想を構成する作業、それと漢字変換に不可欠な漢詩の規則を習得するように思考を回転させるのである。漢詩の規則は形式的で、暗記して使うときにすぐ知識が頭から出てくるようにすることが必要である。こちらは機械的思考が中心であり、あまり問題はない。これに対し、感慨から詩想を構成する作業は各場合により内容は千差万別であり、いついかなる感慨が催されるかは判然としないので、その習得方法はマニュアル化しがたく、事象に対する感性や人格が大きな影響を持つ。こちらこそ作詩上の中核であるから、一首作るごとに自らその過程や思考方法を反省しながらよりよきやり方を探して行くべきである。五回チャレンジすれば、一通りの習得は可能である。逆にいえば、五回で習得するように覚えるべき点はその場で覚え、工夫や反省すべき点は、その場で明確にして記録し、確実に向上していくことが肝要である。「よい漢詩を作りたい」という心があれば大丈夫。

作詩歴により徐々にわかれば足りること

ただ、五首作るだけでは最低限のやり方を習得するだけである。それ以上の知識や経験はそれこそ山ほどあるから、これはそう簡単には習得しがたい。作詩の経験を積むとともに向上していくのに期待するしかない。ただこの段階でも、向上心を持って毎回創意工夫を重ねることが不可欠である。これなくして作詩数だけ重ねても意味がないし、死ぬまで習作あるいは凡作を作り続けることになる。

長年月かかるという先入観を捨てること

これまで漢詩の勉強では明確なカリキュラムはなく、何となく長年月を重ねて習作やら凡作を作り続け、死ぬまでよちよち歩きのレベルの人が少なくなかったのは残念である。この結果、漢詩創作は極めて困難であり、習得には長年月かかる、あるいは死ぬまでかかってもとうてい無理という先入観ができあがってしまった。これから漢詩創作を始めようとする人は、この先入観を捨てることが先決である。

第二章　詩想の構成

1　感慨を自覚する

感慨とは？

ここでいう感慨とは、「身にしみて深く感ずる」（漢語林）というほどの意味である。インスピレーション inspiration は、「創作・思索などの過程において、ひらめいた新しい考えで、自分の考えだという感じを伴わないもの。天来の着想。霊感」（広辞苑）と説明される。後者は自分一個の考えとは思えないという客観的側面が強調されており、前者は、単に個人が感じたことである。漢詩では、個人的な喜怒哀楽も中心的な詩想になるので、本書では、詩想を思案している途中でひらめいたアイデア一般を「感慨」と表現していこう。

合理的思考を超える

詩想を作り上げる過程では、全体として矛盾が生じないように辻褄を合わせる思考が働く。しかし、実際の結果を見ると、必ずしも合理的思考の成果とはいえない作品も出てくる。そこに理屈だけではない漢詩の相対的位置づけが垣間見えてくる。「身にしみて深く感ずる」ということ自体個人の主観が核心にあり、理屈から乖離する可能性を常に秘めている。さらに、「ひらめいた新しい考え」もくせ者である。というのは、「新しい」ということは、従来あった社会常識を否定するが部分を含むから、結果として当時の社会常識や合理的思考を超える作品が誕生する可能性がついて回るからである。

どうしても必要な自覚の瞬間

詩作の第一歩は感慨を自覚することにある。大小さまざまな感慨も改めて自覚しないと後でそれを使うことはできないから、ないのと同じ。感慨といっても詩作に使う以上、詩作に適した内容である必要がある。感慨を自覚した瞬間、これは詩作につながるのではないかという直感が必要となる。ある感慨を自覚し詩作につながる可能性を直感したときが、詩想の構成の作業を開始するタイミングである。

感慨がないと凡作メーカーとなる

感慨がなくても漢詩はできる。第三章に述べる漢詩の規則を実行すれば規則に間違いはない漢詩ができあがる。意味が通じれば及第のように感じるかもしれない。しかし感慨がないのだから、筋書の展開もクライマックスの所在もないか、あっても不明確になりがちである。一読して作者は何を述べたいのか何を訴えたいのかがよくわからない作品は、大体このような経緯でできあがる。内容が平凡でわざわざ漢詩にするまでもないといわざるをえない作品ばかり作る人となりやすい。名付けて「凡作メーカー」である。

詩作がなければ見過ごしていた感慨

感慨といってもさまざまで、たとえば人生最大のピンチの記憶ともなれば一生忘れられないことが普通かもしれない。それほどの出来事でもなければ見過ごし、記憶にも残らない可能性が高い。たとえば、本書冒頭に掲げた桂花詩の感慨は、道を歩いていたときのほんの一瞬のできごとである。作詩で取り上げなければ、作者自身忘れていたであろう。日頃から作詩の習慣があり、いつもの作詩の思考回路に乗った結果、感慨が作品に具体化して残ったのである。こう考えると、日頃の作詩の習慣がもつ隠然たる心理的効果は馬鹿にすることはできない。

すぐれた作品は感慨で決まる

できあがった作品を見てこれはすばらしいと感じる場合、その原因の核心は感慨にあることがほとんどである。些細なこの瞬間をよく覚えていたなとか、この感慨を詩作に結びつけた感性がすばらしいとか。むろん、作詩の技術の巧拙もある。対句とか発音上の工夫、熟語の置換とか。それも必要なことではあるが、詩作の核心ではない。感慨にあまり心を向けず技術に溺れると、凡作メーカー誕生である。

詩債の害

作詩を始めると、詩会に参加したり気の合う仲間と作品の交換をするなどして、作詩を通じた社交の範囲が広がっていく。それにつれて期限や題目などに制限のついた作詩の義務を負う場面ができてくる。これを詩債という。作詩の債務という意味である。その債務の履行のため作詩するとなると、いつ得られるかわからない感慨を待つことはできず、感慨のないまま取り敢えず規則に合い意味の通じる作品を作ることになりがちである。詩会のたびにこれを繰り返していると、これまた凡作メーカーになりやすい。

2　非凡を追求する

初体験の威力

非凡を求めるなら、その第一に初体験を使うことを勧める。事柄の性質上繰り返すことがありえ、さらに繰り返すのが普通の場合に、繰り返しの結果見慣れたものとなるし、感慨もなくなるのが普通である。しかし、初体験の場合は違う。各自具体的な過去の例を思い起こしてみると納得されよう。

一つ例を挙げる。峡湾《フィヨルド》と題する七言律詩である（『網羅漢詩三百首』四〇〇頁）。筋書は次のとおりである。「風と雨の神がますます強くなる入り江。寒い中帆柱の下で何となく歩き回る。両側の滝はまるで川に落ちるかのよう、四方を閉ざす緑林はまるで湖畔で裁断されたかのよう。進路前方を塞ぐ青々とした山気が順に去って行き、後方の山水が気づかないうちに元に戻って閉じている。水面下に隠れている岩の上に乗り上げた舟を見て驚いたが、ベテランの船頭に任せるほかない」。

この詩は、チリのプエルト・モンからプエルト・ナタレスまで三泊四日のフェリーで南下する旅の途中の様子を見たまま、感じたまま詠んだものである。感慨の核心は、もちろんフィヨルドの絶景である。絶景続きの旅といってもいいくらいフィヨルドの連続。似たような光景が続く中、この詩の感慨は最初に見た場面である。日本にはフィヨルドがないから、それ自体興味津々である。船が中でも見どころに接近すると、アナウンスで甲板に出て絶景を見るよう勧める。最初のときは、乗客全員が甲板にあふれた。乗客のほとんどは西洋人で皆背が高い。東洋人は私だけ。結果として飛び抜けた西洋人の頭を見るだけになってしまった。前の人を何とかかき分け見た光景が詩に詠われている。船が進行すると、時々同様のアナウンスがある。翌日になると、甲板上もかなりすいていてゆっくりと見て回る余裕が持てた。三日目に同様に甲板に出てみると、何と誰もいない。皆絶景も見飽きてしまったのである。初体験の威力をまざまざと知った瞬間であった。今私の全作品を思い返しても初体験の威力という観点からすると、これに過ぎる例はない。作詩経験のない人に峡湾詩を敢えて取り上げた理由はここにある。

新しい見方

これまで何度も経験していることでも、新たな観点から見直した場合や、最近思い出した昔話を契機に感慨を自覚することがある。その経験自体はもちろん初めてではないけれど、いつもとは違う要素が付加されて記憶に残ることを作詩の動機とするのである。

鹿之子百合

中庭偶留目
甑島坐求来
忽溢青春気
今年又麗開

鹿之子百合《かのこゆり》

中庭 偶《たまたま》 目を留む
甑島《こしきじま》にて坐《そぞろ》に求め来《きた》る
忽《たちま》ち溢《あふ》る 青春の気
今年又麗しく開く

語注：〇**鹿之子百合**　かのこゆり。ユリ科の多年草。四国及び九州の崖地に自生する。〇**甑島**　鹿児島県西部の東シナ海上にある諸島。

意訳：かのこゆり

庭の中でたまたま目がとまった。甑島で何とはなく買い求めたのであった。たちまちあふれる青春の雰囲気。今年また麗しく（花が）開いた。

この詩（『網羅漢詩三百首』四二頁）は、学生時代に旅先で買った百合が今年もまた開いた喜びを詠う。年々歳々夏になると花は開く。もう何回見てきたことか。いつもちらりとは見るもののあまり気にも留めずにいたが、ある年のこと、旅先でその球根を買ったときのことをふと思い出した。帰りの乗船場付近の売店。衝動買いでそれ自体言うほどの感慨もなく、詩にするほどのことではない。ただ、咲いた花を見て青春時代を思い出したので作詩しようと思ったのである。花を見たからといって青春時代を思い出すことが普通にあるのかといえばそうではない。日常生活の中の一瞬の心の揺れであった。同様に、日頃の日常生活の中で見過ごしていたことに感慨を覚える場面に遭遇したときは、詩作のチャンスとなるかもしれない。

「ちいさい秋みつけた」（サウハチロー作詞）という歌がある。秋は毎年来るのでそれ自体珍しいものではないが、小さな新しい観点からとらえ直すと文学作品となる例であろうか。

非日常

一般に非日常の世界に触れると、心が動き詩作に使えそうな感慨が生まれる可能性が高い。だから、感慨といってもあらかじめ心の準備ができる場合もある。どういう場合に感慨が生じやすいかは人により違うから、各自自己の経験や心の動きを勘案して相応の準備をしてその時に臨むと、詩が生まれやすいのである。詩作のためには、非日常をうまく使うことである。

あたりまえなことは使えない

これまで述べてきたことの裏返しであるが、あたりまえのことは詩では使えない。そのようなことで無理に詩作すると、間違いなく凡作となる。たとえ規則や意味の点で合格しても、捨てるべきである。「春が過ぎて夏になった」とか、「象の鼻は長い」、「拍手を受けてうれしかった」とか、それが詩全体の中で特段の意義がある場合以外は、言わずもがなのことである。それに言わずもがなのことは言わなくとも読者はわかるから省略することで足りる。宝物を見せてあげるかのようなふりをしてあたりまえのことをわざわざ取り上げた作品ほど醜いものはない。

3　感慨を日本語でメモする

忘れないうちに

誰でも忘れられないような強い感慨ならば忘れる心配はないが、そうでない場合は忘れることを予想した対策が必要である。特に、日常生活上の些細なことは忘れて当たり前である。それを詩作につなげるには、記録を残すしかない。最も手軽なのは、小さいメモ用ノートを持ち歩き、これはと閃いたことを適宜メモすることを勧める。そのうち後で作品になる場合がどれほどあるかは人によるが、試してみる価値はある。私は、絶句の場合はメモ帳の段階で作品ができてしまうことが多い。メモ帳すら持参していない場合は、文字どおり有り合わせのメモを取ることにしている。コンビニのレシートで作詩したこともしばしばである。記念にそのレシートを残している作品もある。

日本語で

メモは日本語ですべきである。母国語で心のままに書けばよい。俗語でも口語でも重複でもかまわない。もちろん、漢詩の規則にはとらわれない。日本語も漢字を使うので熟語はそのまま最終的な作品に残るかもしれないが、そのようなことは考えずにメモすればよい。感慨の核心を残せば足りる。キーワードが思いつけば最高である。何年経ってもそのキーワードを聞くたびにその光景を思い出すなら、詩作のためのメモにはぴったりである。

情報量は二〇字用

感慨をメモするといっても、情報量は意識する必要がある。五言絶句二〇字を作るためのメモであれば、それを念頭にメモの分量を決める。実際上少しのメモで足りる例が多い。瞬間的は感慨では、単語二、三個でも記録の意義があり、後にそれを見て作詩までつながることもある。五言絶句では収まりきれないくらい情報量が多い場合にもすぐ捨てる必要はない。絶句を連作し連作全体で詩想を表現することもできる。また、作詩の実力が向上するに従って、適宜、律詩や排律を作るもとになることもありうる。

仮題を付けよう

メモの段階でも、その感慨を一言で代表するような仮題をつけよう。仮題によって初めから頭の整理につながり、記憶が鮮明化して長く保存されやすくなる。むろん筋書を試行錯誤する途中や一応完成後の推敲ではあまり仮題には拘束されず、詩本体に適合した読者に訴え記憶に残りやすい題に変えるのが望ましい。

4　筋書

筋書とは？

筋書《すじがき》とは「映画、演劇、小説などのあらすじを書いたもの」（広辞苑）という趣旨である。ストーリーといってもほぼ同じである。ここでは、五言絶句の筋書を検討する。四句二〇字あれば、さまざまな筋書を書ける。日常生活の中での一こまであれば、その展開のスピードは通常の思考で足りる。しかし、一瞬のことを詠む場合は分析的思考が必要となる。ことは一瞬に過ぎてしまうのではあるが、理屈で分析すると一定の秩序に従った因果関係の連鎖が明らかになる。ただ、因果関係の展開が早すぎて作者の目には一瞬と映るだけである。この場合にも筋書を考えないと作者自身わからないものができあがる。

本書冒頭に掲げた桂花詩では、暗香に反応する↓モクセイの花と認識する↓今秋なのだと思う↓空にも秋の兆しがあるのではないかと思う↓空を見上げると案の定秋の象徴であるうろこ雲が浮かんでいる→やっぱり秋に間違いない→しかしなぜ今が秋であることをこれまで気づかずに来たのか→それほど毎日齷齪していて気づかなかったのだと思い当たったという経過を想定することができる。暗香の本体が桂花なのでこれを題とした。このように、短い五言絶句で、しかも一瞬で終わってしまうような場面でも分析的思考を応用すれば、十分な筋書ができるのである。

四句がバラバラにならないために

筋書を作るうえで、各部分を四句にほぼ対応させる思考が大切である。筋書を貫く本流をことさら意識し、これを四分割するのである。本流を意識せずなんとなく四句を作ると、一句の中だけでは規則に合い意味もよくわかるが四句全体通してみると、趣旨がぎくしゃくしてわかりづらいことになりやすい。最悪の場合は、四句がバラバラで全体の趣旨が不明ということもありうる。初心者にありがちである。本流を意識しながらの筋書の検討でなければならない。

起承転結パターンが多いが

絶句の筋書というと起承転結といわれることが多い。
第一句　起句では詠い起こし
第二句　承句ではこれを承けて発展させる
第三句　転句では場面を一転させる
第四句　結句では以上をまとめる
という筋書である。ここでは転句でうまく場面の一転ができるかが詩全体の善し悪しを左右することが多い。漢詩の長い歴史の果てに生み出されまとめられた作詩のやりかたである。初心者は先人の知恵を借りてまずこのやり方で作ってみよう。ただ、これは規則ではない以上これとは別の作り方も許されるし、その例も少なくない。ここは、初心者が水準を高めた後にもう一度思案すべき点である。

結句が感慨の核心？

多くの作品では、結句に感慨の核心を置く。これを言いたいためにこの詩を作ったという要点である。テレビドラマを見ていても、クライマックスは最終回にあるというのが定番である。ただ、これまた規則ではないから必ずそうしなければいけないというものでもない。最後まで終わりらしくない作品もありうる。長いストーリーの一部を断ち切って絶句にしただけでまだ終わりではない、だから結句は結論ではないという主張である。これが実現できるようになると上級者である。

わかりやすい筋書を

筋書は、時の流れに従って、論理思考の過程に従って作ると読者はわかりやすい。小説や映画では、時の順を変えたり、倒叙法といって時間を遡って叙述する方法も採られる。その技法によって観客や読者はより一層感銘を深める場合がある。特に、古詩や排律で長編になる場合はその可能性も否定できない。しかし、漢詩自体がわかりにくいと思われている現在、このような手法を取り入れると、読者はますますわからなくなりそうである。初心者のうちは、わかりやすさを優先することを勧める。

感慨から筋書への思案が最も楽しい

感慨は多分に主観的で作者の脳裏に生ずるひらめきである。これが思索の結果筋書になれば、あとは漢字変換すれば漢詩となる。筋書が完成すれば漢詩は目の前、水が低いところへ流れるようにできあがる。要は、感慨と筋書のギャップである。このギャップは大きく、そこを埋めるのが「感慨から筋書への思案」である。その間の思案は複雑でときに困難を伴う。だからこそ逆に知的営為が高まり楽しく感じるひとときでもある。ここでは全人格を動員し、創造する才能が試される。

客観的文学の誕生

筋書は、詩の本流を自覚したうえでそれを詩作するための設計図となる。この段階では、予想される読者の理解する内容を想定し、事前の予備知識から感慨に至る過程を理解してもらえることの確認が必要となる。そこでの思考も判断基準も客観的でなければならず、作者の独りよがりはいけない。作者は自分で閃いた感慨については百も承知で知識の補充など無用であるが、客観的文学の誕生ともなればそうもゆくまい。ただ、読者の方も努力もせずにただ作品を一読しただけでわからない作品と決めつけるのは相当でない。辞典類やネットを検索し、作品の客観的意義を知る努力が必要である。これなくして作品をけなすのは間違いである。

作詩のたびにこの過程を経る

今見た「感慨から筋書への思案」は、漢詩創作のたびごとに経過する。そこでの試行錯誤や失敗談などは後日のために蓄積する。作詩ではこの過程の経験が有効である。この過程の蓄積が進むと、ある感慨が閃いたときこれをもとに漢詩にまとめることができそうか否かの予想も正確になってくる。漢詩作りの経験の中核はここになければならない。

凡作は筋書でわかる

感慨の段階では混沌とした全宇宙の中でのひらめきであったものが、環境の中での相対的位置づけを得て本流が定まってきて、まとめて可視化したものが筋書となる。後は漢字変換をすれば漢詩となるのだから、漢詩の中身は筋書でわかるし、客観的に評価可能となる。自らその筋書を点検し、平凡でおもしろくない場合には、無駄な漢字変換を避け、潔くその筋書を捨てるべきである。凡作を生むことのないように作詩のなるべく早い段階で決断すべきである。漢詩の規則に従って漢字変換することが漢詩創作の中核と認識しているとおんだ誤りとなる。中核たるべきは筋書である。だからこの段階で凡作は識別が可能となり排除が可能となるのである。

前提にそろえる材料がわかる

感慨の中核を意識し、これを結句に据えようと考えたとき、いくつか筋書を考えるごとに、その感慨あるいは結論をいうためにそろえておかなければならない前提を思い浮かべることができる。それが詩の世界の舞台を形成する。舞台は主に詩の前半で形成する。詩を読む人は、まず題を見て相応のイメージを形成したうえで詩本体に入る。もちろん起承転結の順に読み進む。それを前提として、読者が意味不明にならないよう各段階で必要な情報を順次出してゆく。ところが、今見た作詩法は逆に言いたい結論をまず決めそれを言うためにそろえるべき材料を順次決めてゆく。つまり、時間や論理を遡るのである。筋書を作る途中ではこういう方法も常用される。

5　クライマックスを絞る

山は一つ

筋書の本流の中で「最も盛り上がった場面。最高潮」（広辞苑）をクライマックスと呼ぼう。筋書の構成が半ばを過ぎた辺りからクライマックスを意識し、四句のうちどこにそれを置くか、どのようなキーワードを使うかを客観的に詰めなければならない。五言絶句は最短の詩型だから盛り上がりは一つと決めてかかる必要がある。フタコブラクダのような山が二つは禁物である。クライマックスに匹敵するようなもう一つの山を考えること自体おかしい。

感慨とのずれはないか？

今見た筋書とクライマックスは客観的なとらえ方であるから、主観的要素の強い当初の感慨とは微妙にずれが生じることがある。それをどうするかは作者の思案のしどころである。文学作品としてよい状態にするべく筋書とクライマックスを維持して行くか、当初の感慨を大事にしてこの作品は没にするか、あるいはその他の選択がある。感慨が詩作をするためのものと自覚していれば問題になるようなずれは生じないように思う。

不要な要素を発見削除

筋書とクライマックスを検討する途中では、本流に不要な要素を発見削除することを心がける必要がある。五言絶句のような最短の詩型では、不要な字は一つでも許容できない。

この場合、作者としては実際に現場にそれがあったのに不要と断定されるのは承服できないという反論を言い出す場合があるが、これはお門違いである。それが実際に現場にあったかどうかは詩作では重要ではない。詩作は裁判所の事実認定とは違うのである。本当にあったから全部書いてよいというのではない。その中から本流に合致することだけ取り出して書くのである。だから、筋書とクライマックスの所在がよくわかっていない作者は何が不要かを判定することができず、よくて凡作、さらには四句が支離滅裂の作品、意味不明の作品を作りやすいのである。

クライマックスが目立つ工夫

クライマックスを決めた以上、それが目立つ工夫が必要である。この意識がないと、自分でもそれと気づかないうちに逆にクライマックスを妨害する行動を取ることがある。たとえば、月を詠うのであれば、夜に限る。現実には昼間の月も見えるけれども、圧倒的に明るい太陽に邪魔されて影の薄い存在になってしまう。昼行灯も同じである。単に月といえば、夜の満月を指すと覚えるべきである。星を主題に作詩する場合には、実際には月が出ていてもそれには触れない方がよい。なぜなら、星と比べて圧倒的に明るい月が出てはこれまた主役が影の薄い存在になってしまうからである。音声についても同様に考えることができる。「岩にしみ入る蟬の声」をクライマックスに据えたいのであれば、同時に他の音声を出してはいけない。肝心の「岩にしみ入る蟬の声」が邪魔されてしまうからである。たとえば、鳥の声とか、お寺の鐘の音とか。山の中を散歩していて聞いた鳥の声をクライマックスにするならば、辺りが静かであることをそれ以前の段階で言っておく配慮がほしい。これにより鳥の声が有効に響き渡るのである。

6　四句にまとめる

四つの塊をイメージする

筋書とクライマックスができた後には、その筋書を切って四つの塊のイメージすることが必要である。次の段階では、漢字変換を経て四句を形成するからである。ここで題の存在を忘れないことである。人は題から読み始めるから、題で触れていることは詩本体ではもはや触れないのがよい。重複を省くためである。本書冒頭の桂花詩では、暗香がモクセイの芳香であることは題でわかるから、詩本体で説明はしない。また、歩月詩で現在夜であることは題から自明なので詩本体では触れないのである。

各句の役割を意識する

四つの塊は漢字変換により起承転結の四句になるからそのつもりで各塊、各句の役割を意識し、漢字変換に有用な示唆を与える配慮が欲しい。たとえば、後半がクライマックスで前半はその舞台を設定する構成でいるときに、前半で奇抜な熟語や誇張表現を使用するとそちらが目立つ結果となるから、クライマックスのためにはよろしくない。前半は意識して目立たないような地味な表現を使い、引き立て役に徹するくらいの意識で丁度よい。この引き立て役が意識できるようになると初級は卒業である。四句相互の関連性を改めて意識してほしい。全体が一個の文学作品としての塊をなすのは最低の条件である。これを欠くと四句がバラバラになってしまう。第三章で述べる漢詩の規則ではバラバラを防げない。あくまで意味内容の相互の関連性で統一を実現するのである。

7　感慨を求めて

自分の感慨を自覚しよう

漢詩の創作は、感慨を作品にまとめる作業である。感慨がないところには何も始まらない。ただ、感慨があってもほとんどの人は五言絶句を作らない。その場合、感慨は霧消する。感慨を自覚し、五言絶句にまとめられるかもしれないという直感が大事である。この直感も、感慨を作品にまとめる作業の経験を重ねるに従って冴えてきて、この感慨ならばいい詩ができると予感するようになる。ただ、初心者は、経験に基づく直感がないから、非凡な感慨だなあと自覚した場合を大事にすることである。『網羅漢詩三百首』の第一章日常編を通読すると、現代日本人が日常生活の中で遭遇する感慨の見当がつくのではないか。私は、同書のはしがきで「日常編は準備体操を兼ねている。このような身近な話題でも漢詩になるのなら自作してみたいと思う人が出てくることを期待している」と述べた。これが本当か否か試してみてはいかがか。

日常生活の中で

日常生活は人それぞれであるから、各自の生活の中から非凡だと感じた場合にメモすればよい。仕事に追われて漢詩創作なんてとんでもないという思考回路で終わってしまってはもったいない。本書冒頭に掲げた桂花詩は、「始終唯だ齷齪」している途中で遭遇した感慨をまとめた作品である。仕事に追われる身であるからこそ持てた感慨なのである。忙しいからできないという言い訳は貴重な機会を逃すばかりである。

子供時代の記憶から

そうはいっても日常生活の中で五言絶句に丁度よい感慨に遭遇する機会はしばしばあるとは限らない。次に何か感慨らしきものが心に閃いたときまで作詩は延期しようと思っているとそのまま時が過ぎてしまう。こういう場合、過去の感慨を使うのがよい。三カ月前、二年前、青春のころ、子供時代の記憶に遡ることもありうる。過去何十年も生きてきた人にとっては、過去の記憶は堆く積もっていることであろう。感慨がないから詩作できないという言い訳は実はありえないのである。家庭の中でのほんの一こまを切り出すだけで印象深い作品が誕生することもある。家庭の主婦が平凡な日常の中に幸福を実感したら、よい作品ができそうな予感がする。趣味で嬉しかったこと、親友の死に遭遇し哀しかったことなど、詩題は無数にある。

絵画や写真を見て

絵画を見たとき受けた印象がそのまま感慨として作詩に至ることもある。その感慨はかなり主観的なものであれば、非凡な作品になりそうである。ただ、漢詩の読者は絵画を見ていないとすると、それなりの工夫が要る。一つは有名な絵画を対象とすることである。モナリザとかナポレオンとか。それなら読者にもわかり、共通の印象の下に漢詩を理解することができる。そうでない作品で読者と共通のイメージを持つことができない場合には、絵画の内容を詩の中で摘示し、それをまとめて感慨を形成する必要がある。

写真の場合は、有名な写真というのは少ないから、内容の説明がいる。ただ、自分で撮影した写真を見て感慨を催し作詩に至ることはよくあることである。その写真を見たことで過去の記憶が蘇り感慨が形成されて作詩に至るパターンである。旅行先や行事の際の記念写真でも、それが引き金になって今見たような生々しい連作や長い詩ができる場合もある。

芝居やフィクションから

芝居といっても種類は多い。歌舞伎、能、狂言、文楽、オペラ、現代劇、パントマイムなど。私は、それぞれ作品を残している。芝居のシナリオを作成する段階で観客の受けを得られるよう主題を設定し、筋書の展開を工夫しているから、鑑賞の後感慨が形成されやすく漢詩になりやすい。

フィクションは、さらに種類は多いから、感慨の種類もまた多様である。私は、ギリシャ神話、聖書、理論的思考などを詩題にした作品を残している。理論的思考としては、相対性理論とか進化論とか、有名なテーマにした方が読者もわかりやすい。このような作詩の経験がない人は、中国の伝統文学である漢詩の題材に、西洋中心のギリシャ神話や聖書を扱うのは無理なように感じるかも知れない。しかし、やってみると、伝統的な詩題と同じように作詩することができた。要は有効な感慨が形成できるか否かである。先行作品がない分野を詩題に取り上げる場合には、先人の真似はありえないから、その分自分で思考・創作する部分が多くなる。これを重ねると作詩の実力が目に見えて向上するであろう。

新聞記事から

新聞のニュースを見た瞬間感慨が生まれることがある。トップニュースでなくともよい。小さなニュース、コラムの小話でもよい。作者の琴線に触れると感慨が生まれる。いつ生まれるかはわからない。日々新聞を読む人はその確率はかなりあるのではないか。

新聞記事は自身のことを扱うことは稀で、主として第三者的なとらえ方となる。自ら見聞したことがらを詩題としていると、どうしてもテーマが限られてくる。視点を変えて第三者として感慨を形成すると、別人のような新しい傾向の作品が生まれる。材料は日々やってくるので注意していれば有力な詩題の源となる。

旅

旅は非日常の典型である。初体験、非凡、予想外、深い記憶、懐かしい思い出、偶然の出会い、新しい契機など、多くの可能性がある。詩作の趣味があれば、特に意識しなくてもいくつかの詩題に巡り会うであろう。ただ団体旅行で同行者との会話に意識が限られていると、新たな感慨には巡り会えないことが多い。今見た非日常の可能性に出会うには、現地の人と交流し、現地の文物に触れて味わう過程が重要である。作詩を目的とする旅ならば一人旅が最も有効である。

一般教養の動員

　これまでは多くの人が接して詩題として取り上げることがありそうな分野を挙げてきた。その他、作者の一般教養を動員すれば、新たな詩題の分野を切り開くことができよう。私は日本の歴史に興味があるから、その分野の書籍を読むと自然と詩題が脳裏に浮かぶ。読者も自分の趣味や得意の分野に一般教養による基礎知識を加味して独自の詩題を開拓してほしい。趣味や得意の分野であれば自然と心が向き、楽しい思いをしながら作詩の能力が向上するであろう。一石何鳥か？

第三章　漢字変換

1　日本語のメモを漢詩に変換する

前章までの説明に合致する日本語のメモがすでに手元にあることを前提とし、本章では漢字変換をして五言絶句を作出する技術を説明する。メモを見ると着眼点が非凡であり、このまま行けば傑作の誕生間違いなしと思いつつ、わくわくしながら漢字変換する場面を想定する。感動がないメモに基づいたり、メモの内容が習作レベルあるいは凡作確実なのに漢字変換することは想定していない。

2　平仄

平仄《ひょうそく》とは何か？

漢詩を作るためには平仄をマスターしなければならない。平仄とは、「平韻《ひょういん》と仄韻《そくいん》の字。

平韻は高低のない平らな音、仄韻は高低の変化のある音で、上・去・入の三声に分かれ」（漢語林）と説明される。今見た平声《ひょうせい》・上声《じょうせい》・去声《きょせい》・入声《にゅうせい》は、漢字音にある四種類の声調（アクセント）で、あわせて四声《しせい》という。四声は中国語の発音に特徴的であるが、日本語にはなく、漢字を知っている日本人でも平仄は知らないのが普通である。漢詩を読むだけであれば平仄を知らなくても意味はわかるし、鑑賞もできる。高校の漢文の教科書に漢詩が取り上げられていたのを勉強して意味がわかったとき、平仄は知らなかった人が普通と思う。漢詩を作ろうと思ったら、ゼロから平仄の勉強をする必要がある。

平仄を知るためにはどうするか？

平仄は、漢字を凝視しても、沈思してもわからない。ではどうするか？　漢和辞典を引く必要がある。手始めに漢和辞典の冒頭にある利用法や凡例の中にある声調の説明を見て理解することが必要である。

実験として、私の姓「井上」の平仄を見てみよう。まず、「井」の字を電子辞書の漢語林で見ると、「字音」の箇所に上の字を丸で囲った表示がある。これが上声を示す。上声であるから仄字に含まれる。次に「上」の字を調べると、去声あるいは上声とある。どちらも仄字である。読者もご自分の姓の平仄を調べてみていただきたい。

フクツチキ

漢字を音読みした場合の語尾が「フ、ク、ツ、チ、キ」がつくものは入声すなわち仄声である。この識別法だけは日本人にもわかる。例を挙げる。漢和辞典で確認して欲しい。

フ　蝶《テフ》・合《ガフ》
ク　黒《コク》・択《タク》
ツ　質《シツ》・日《ジツ》
チ　質《シチ》・日《ニチ》
キ　石《セキ》・碧《ヘキ》

フの語尾は旧仮名遣いによる。「蝶」という字の漢語林の字音欄を見ると、チョウ（テフ）とある。同様に「合」の字を見るとゴウ（ガフ）とある。また、語尾がチの音は呉音《ごおん》で隋唐以前に伝来した古いもので、語尾がツの音は漢音《かんおん》で遣唐船のころ伝来した。この点は漢和辞典で確認してほしい。たとえば、「質」の字を漢語林で引くと、字音一の所に漢の字を丸で囲んだ次に「シツ」とあり、また、呉を丸で囲んだ次に「シチ」とある。ついでにいうと、江戸時代長崎を通じて伝来した音に唐音《とうおん》がある。行灯《アンドン》の「行《アン》」がその例である。漢語林では唐の字が丸で囲んだ次に「アン」とある。

現代中国語でわかるか？

現代中国語にも四声がある。初学生の苦労するところである。四声の内訳は、第一声、第二声、第三声、第四声である。第一声と第二声は唐詩時代の平声に相当し、第三声は唐詩時代の上声に相当し、第四声は唐詩時代の去声に相当する。では唐詩時代の入声は現代中国語ではどうなったというと、実は消滅したのである。千年の間の言葉の変化である。

以上の結果、語尾がフクツチキとなる字は入声とわかるし、現代中国語で読んで第一声と第二声は平声と推定でき、第三声は上声と推定でき、第四声は去声と推定できる。例外はあるがこれで九割方はカバーできる。現代中国語は知らなくても漢詩を作ることはできるが、現代中国語を知っているとさらに作りやすくなる。本家の中国人から見ると、入声が消滅したので、意外にも日本人より平仄の理解が難しくなった面がある。

平仄を使い分ける漢字

多くの漢字は平字または仄字と固定しているが、中には一つの字を意味によって平字に使ったり、またあるときは仄字に使ったりすることがある。たとえば、「重」の字は、「おもい」の意味で用いるときは去声または上声で結局仄字である。ところが、「かさなる」の意味で用いるときは平字である。漢語林の電子辞書では、字音欄一では去声または上声とあり、これに対応した字義欄一を見ると「おもい」とあり、また、字音欄二では平声とあり、これに対応した字義欄二を見ると「かさなる」とあることで確認することができる。

両用

一つの漢字を平字と仄字のどちらにも使える場合がある。この場合は、平仄の別を気にすることなく使えるので便利である。「忘」、「醒」がその例である。漢和辞典で確認されたい。

五言絶句の平仄式

五言絶句では、次のとおり字の位置により平仄は決められている。これを平仄式と呼ぶ。「平」は平字、「仄」は仄字、「任」は平仄どちらでもよい（任意）。「特」は平字を挟む二つの特のうちの一つは必ず平字を用いる。「韻」は後述の韻字である。ここでは平韻のみ用いる。五言絶句が確定されたのは唐代であるが、四声を持つ中国語ならではの音韻上の美しさに由来する。ただ、初心者は深入りすることなく所与の条件と受け止めて練習することである。中級程度になってから回顧したとき平仄式の持つ意味を考え直すことを勧める。

(平起式) 起句の第二字目が平字の場合。
起句　任平平仄仄※
承句　任仄仄平韻
転句　任仄任平仄
結句　特平特仄韻

(仄起式) 起句の第二字目が仄字の場合。
起句　任仄任平仄
承句　特平特仄韻
転句　任平平仄仄※

結句　任仄仄平韻
※の句は「平平仄平仄」としてもよい（挟《はさ》み平《ひょう》と呼ぶ）。

平仄の拘束力

五言絶句を作る場合には平仄式の通りに作る必要がある。日本語の音で似ている他の字で代用すると、これは五言絶句ではないといって漢詩仲間から拒絶される。清朝の皇帝の作品を見ても平仄式を守っている。天下を統治する皇帝だから平仄式から自由に振る舞うこともできそうであるが、実際にはそうなっていない。長い歴史上確立された平仄式の無言の拘束力である。

調べた平仄は覚える

最初に五言絶句を作ろうと漢和辞典を引くと、二〇字を対象とする。題は平仄に関係ない。実際にはこれは使えるかと思って漢和辞典を引いたものの総合的検討の結果使わないと決定する場合もあるから、総計では二、三倍くらいは漢和辞典を引くことになる。その労力から漢詩作りは難行だと思い込む人もでてくる。ここは難行ついでに調べた平仄は覚えることを勧める。次に漢詩を作るときには、平仄を覚えている漢字については平仄を調べる手間が省ける。経験が重なると段々漢和辞典を引く場合が少なくなる。それに連れて作詩のスピードが上がる。熟練者になると、日頃の作詩では平仄を調べるために漢和辞典を引くことはほとんどなくなり、平仄は空気みたいなものに感じる。

3　脚韻

韻字《いんじ》とは何か？

韻とは音の響きである。同じ響きを持つ字を決まった場所に置くことによって聞いて心地よく感じる。五言絶句では、承句と結句の二句の各第五字目の字に同じ響きを持つ字を充てる。これを押韻《おういん》または脚韻《きゃくいん》という。先に見た平仄式で韻と書いてある場所が押韻する場所である。

韻字の分類

韻の種類は韻目というが、平声は三〇種あり、これを便宜上、上平声一五種と下平声一五種に分けて用いる。上声、去声と入声を併せて、韻の種類は合計一〇六種あるが、五言絶句で韻字として用いるのは平韻のみである。そこで平声の韻字表を巻末（一八六頁）に示す。

右の説明の例外として仄韻の五言絶句もある。『網羅漢詩三百首』七三頁の戯作詩がその例である。この詩では去声の韻を用いた。ただ、初心者は混乱するので仄韻による創作は除いて進むとよい。

韻字を知るためにはどうするか？

ある漢字の韻の種類を知るためには漢和辞典を引くことが必要である。たとえば、「翁」の字を引くと字音欄に四声は平声の東の韻で（韻目は「東」）あることが出ている。そこで五言絶句を作るとき一東の韻を用いると決めたとする。押韻すべき箇所が二カ所あるため、一東の韻字をもう一つ探して平仄式に韻とある場所に入れなければならない。そのもう一つの韻字をどうするか？　筋書に合いそうな字を闇雲に漢和辞典で引くのはあまりに能率が悪い。そこで先に見た韻字表を使う。今の例では、もう一つの一東の韻は、この韻字表の「一東」の欄の中から筋書に丁度良さそうな字を探すのである。

韻字の拘束力

韻字表にある韻の分類は固定したものと考える。日本語の音読みを頼りに似たような音だから同じ韻字として扱おうというような便宜的判断はできない。韻字に属するか否かは韻字表により判断することとなる。拘束力は平仄と同レベルである。韻が違っていれば五言絶句とは評価されず、その点だけとらえて落第とされる。

知らない韻字はなるべく使わない

韻字表の中にはあまり見かけない字も含まれる。五言絶句では、筋書に従って韻字を置く場所のうちの一つにある平声の字を置くと、その詩の韻字が決まるから、もう一つの韻字を置く場所に入れる韻字を韻目表の中から探す。その際、日本人があまり見かけない、あまり知らない字は避けることを勧める。読者の理解を高めるためである。

韻字の難易

韻字表を一覧して、その韻字を用いることの作詩の難易を知る必要がある。一見して上平声では一東、四支、七虞、下平声では一先、七陽、八庚の韻は属する字が豊富で、漢詩に使えそうな字が多い。これらの韻字を使うと作詩で韻字をそろえるのが楽である。これに対し、上平声の三江、十五删、下平声の十五咸の韻は属する字が少なく、これらの韻字を使うと韻字をそろえるのに苦労し、ときには韻字がそろわず作詩を諦めることになりやすい。

違う韻字にチャレンジしよう

五言絶句を連作する場合、韻字を変えてみよう。それにより種々の韻字を覚えるし、詩想の断新さにもつながる。同じ韻字を使うと、前の作品のイメージを引きずっているかのような印象を伴う。

4 雑則

句の切れ方

五言絶句の場合、一句五字は上の二字と下の三字に切れるのが基本である。二字の熟語を二字目と三字目の位置に使うのは句の切れ方に反する。上達してくると、三字の固有名詞を上から一ないし三字目に入れる例もあるが、初心者は原則に従って作るとよい。

同字不使用

同じ字をまた使わないということである。ただ、年年とか徐徐のように同じ字を重ねる「重ね字」は許される。五言絶句二〇字でも注意が足らないと同字をまた使用してしまう。もっと長い詩であればさらに注意が行き届かず同字使用のミスが起こりやすい。なお、長詩の場合には、この同字不使用の原則が重圧になることは知っておくべきである。たとえば、否定を表す「不」や「無」は再度使いたい局面もあるだろう。『網羅漢詩三百首』で最長の作品大黒屋光太夫三十韻詩では、六〇句三〇〇字により構成されており、この中で同字不使用はきつい。特に、内容からして「水」、「船」などの何度でも使いたいような字がある場合には、この重圧はさらに大きくなる。例外として同字を使用したためにかえっておもしろみが出る場合はよいとするけれども、初心者の場合はその判断が難しく、実験は中級レベルになってからするとよい。

意味の重複は避ける

同字不使用の原則と同じ流れで、同じような意味の単語を使うのも避けるべきである。ところが、同字不使用が形式的であるからミスは避けやすいけれども、意味の重複は内容を吟味して初めて問題になるから、見過ごす可能性は高くなる。たとえば、本書冒頭の桂花詩では、題で季節が秋であることは出ているのに詩本体の中で「秋」の字を使うと、意味の重複となる。意味の重複は避ける要請は漢詩一般に通じることであるが、五言絶句は最短の詩型であるから、その要請は一段と強い。

無駄な字は使わない

無駄な字は使わないと聞くと当たり前のように響くものの、これを実践するのはたやすいことではない。というのは、無駄か否かの判断が簡単ではないのである。その判断をするためには、筋書の中の本流を意識する必要がある。本流から孤立したり遠くに位置していてなくても本流に差し支えない部分は無駄の典型である。その部分は本流をクローズアップするために他の表現と置き換える必要がある。

初心者は、筋書も本流もよくわからないことが少なくなく、作者自身無駄を指摘されても意味がわからないであろう。他人の作品中のある部分を無駄と指摘する場合にも、それに先だって本流をとらえることが必要である。

冒韻《ぼういん》

韻字を指定の場所（承句と結句の各第五字目）以外で使用するとき冒韻という。できれば避けるべきといわれるが、押韻しない句では差し支えないという意見もある。私は後者の意見にしたがって作詩している。冒韻を検討するとなると、指定の場所以外の字についても平仄だけでなく韻目まで調べて検討する必要がある。

国字《こくじ》は使わない

国字とは、漢字の字体に従って日本で作られた文字をいう。漢語林の電子辞書では冒頭に国字と表示される。訓読みだけあって、音読みがない。たとえば、「辻」、「畑」、「働」、「峠」がその例である。漢和辞典で確かめてみていただきたい。さらに、これらの漢字がない中国では代わりにどのような字を使うのか調べてみてはいかがか。

和臭は避ける

国字ではないが、意味の点で日本だけで使用する用語も使用しない。たとえば、「指呼」という用語を「近い距離」の意味で用いるとこれに該当する。漢和辞典（漢語林）を見ると、「①ゆびさしよぶ。②近い距離。『指呼の間』」とある。このうち②の冒頭に国という字が四角で囲ってあるが、これが日本でのみ用いられる印である。その他日本でのみ通用する用語や用例もまた避ける。漢和辞典で調べるときのチェックポイントである。

「元寇」の例で考える

鎌倉時代に文永の役と弘安の役を合わせて元寇と呼ぶのは歴史の教科書にあるとおりである。ただこれは、日本語であって漢語にはない。漢詩の中で「元寇」という表現を使えばそれは典型的な和臭となる。実際、漢語林で「元寇」と引くと、四角の中に「国」とあって日本語であることが明示してある。歴史的にもこれは明らかに日本語である。文永四年朝廷が受け取ったフビライからの国書でも差出人を「大蒙古国皇帝」と自称している。当時は元寇という言い方はなく、蒙古襲来と言っていた。元寇という表現の初めは、江戸時代徳川光圀が編纂を開始した『大日本史』である。また、文永の役と弘安の役も「寇」の字義に照らして同様に納得することができる。すなわち、漢語林を引くと、「寇」は「国外から侵攻して来る外敵」の趣旨である。文永の役と弘安の役は、中国側が外国（日本）に侵攻して出て行く事象であるから、今見た「寇」の字義からして使えるはずもない。逆に、日本側から見れば「蒙古襲来」であるから、「元寇」という表現も「寇」の字義に合致している。以上の理屈により、漢語に「元寇」なる単語はないことがわかる。ちなみに、中国では「南北朝時代から室町時代にかけて、中国・朝鮮の沿岸を荒らし回った日本人の海賊」を「倭寇」と呼んでいる（漢語林）。

5　漢文法

漢詩は漢文の一種であるから当然漢文法に従う。レ点や一二点を付けて上へ返って読むのはその代表である。漢詩を作る上ではこれを前提とする。漢詩作りを習う初期の段階でこれをマスターすることが望ましい。ただ、高校の授業で年間かけて進めるくらいの分量があるので、本書では扱わずそれ相応の別の書籍にゆずる。実際、漢文法をマスターしてから漢詩作りを始めるというのでは、なかなか漢詩作りには入れない。そこで、高校時代漢文法を習った日本人は、多少忘れていても基礎はあるとみなしてまず漢詩作りを始め、必要を感じた時点で漢文法をまとめて復習するというのが現実的であろう。

6　熟語の選び方

漢和辞典にあるか？

熟語を探すのには、まず自分の脳裏にある熟語を書き出すほか他の資料から適当な候補を探すことがある。この場合漢和辞典に収録されている熟語の中から絞り込むのがよい。漢和辞典は高校時代漢文の授業用に手元に置いたはずである。そのまま家に一冊保存されていることが多い。漢詩を読んでもわからない熟語があった場合、引く辞書といえば漢和辞典がせいぜいであろう。だから、漢和辞典にない熟語を使うと読者に理解されない可能性が高まる。できあがった作品は、誰にも見せたくないものや他人から批評されたくないもの（これは記念として大切に金庫にでもしまっておくがよい）は別として、通常は詩会などに提出して他人の目に触れ批評をもらうことになる。漢和辞典にない熟語では、他の会員に理解されず「わからない」といわれて終わりということにもなりかねない。

造語はしない

漢和辞典で詩想に合う漢字や熟語に出会わない場合、漢字を組み合わせて自分で造語する誘惑に駆られることがある。しかし、これは慎むべきである。読者にわからず独りよがりになりがちである。そうはいっても、日本固有の話題や漢和辞典の時期的制約（唐代のころ中心）からして漢和辞典にある熟語では用が足りない場合もありうる。この場合であっても、いきなり造語というのではなく、比喩を用いるほか、漢和辞典にある熟語を若干修正したり、熟語の原理からして十分ありえる範囲内に留めるなどの工夫が欲しい。

ここで敦盛詩（『網羅漢詩三百首』一三六頁）を思い出す。第三句と第四句に次の対がある。「馬影金鞍美　鍬形銀冑儀」その意訳は「身なりを見ると馬には金の鞍が美しく、鍬形と銀のかぶとがりっぱなようす」。これは、熊谷直実が敦盛を見つけたときに目に焼き付いた敦盛の外観である。平家物語はこれを詳しく描写する。直実は馬上の若者が誰かを知らないが、「その身なりからするとこれは大将格の者に違いない、すわ、手柄を立てる千載一遇の好機到来だ」そう考えて狂喜したのである。このとき「鍬形」で、はたと作詩が行き詰まった。かぶとの前部につけて威厳を添える前立物《まえだてもの》の一種。時代劇の映画やテレビドラマではよく出てくるので、日本人にとってはイメージは周知といってよい。ところが漢語では見つからない。現代中国語でも同様で参った。中国人に尋ねたら、「中国にはそういう物はないので、言葉もない」と言われておしまい。やむなく「鍬形」で作詩した。心中未だ宿題のままである。

同義語多数

詩想に沿うある事項を表現する熟語を探すと、いくつも似たような候補が出てくることがある。平仄や韻字の制限はもちろん、前後関係や読者のわかりやすさなどの理由から合理的に絞っていく。

熟語の候補を絞るとき、ニュアンスの違いが微妙で判断しかねることがある。辞典類ではこれ以上解明できないとき、私は知り合いの中国人に聞くことが多い。「意味はわかるが中国人ならこういう言い方はしない」などとコメントをもらって考え直すこともある。詩会で、ニュアンスの点でこの二つの候補のうちどちらが適当かと作者自身の疑問を呈示して意見を求めるのもよい。

簡潔な表現を指向する

作詩ではできるだけ簡潔な表現を心がけてほしい。その際日本人はあまり使わない熟語が威力を発揮することがある。漢和辞典を引いて初めて触れる驚きである。

これを前掲の歩月詩で説明する。この詩は、「満月の夜、水の音に誘われて行ったら滝に虹がかかっているのを見てびっくりした」という趣向である。虹は雨後の青空に架かるのはしばしば見かけ美しい物の代名詞である。虹の原理からすると、水のしぶきと光がうまく組み合わされれば出現するのはわかる。私は、巨大なダムから放出する水のしぶきに虹がかかったのを見たことがある。ただ、その時は昼間で光というのはもちろん太陽光線であった。夜にも同様のことがあるとは知らなかった。この詩の意外性をもたらす条件は、その時が夜間であることと光が月光であるという二つの点である。ところが、この詩のどこにも「夜」とか光源を示唆する語は使われていない。でもそれがわかる仕掛けがある。「歩月」という題である。「歩月」とは日本人にとってあまり聞き慣れない語ではあるが、漢和辞典によれば、「満月の夜に出歩く」という意味である。現代人が見ると、「歩月」という字面からすると「月面歩行」のことかと思えるところもややおどけた趣向が垣間見える。この詩の時が夜であり光源が満月であることを示す「満月の夜に出歩く」点は、この詩に不可欠の重要性がある。実際、この詩から題を除けば、詩の意味はわからなくなる。でもこの不可欠な点を普通の熟語を使って表現すると冗長になり、詩本体に入れたら二〇字では収まらなくなる。そこで「歩月」という熟語があるので、これを題にして冗長な説明は一気に省略したのである。

最終的解釈は前後関係で決める

散文のように字数制限のない環境下では読者に応じて詳しい説明を付ければ相手の理解は高まる。しかし、漢文は簡潔な表現が普通で、それだけでは幾通りかの解釈が可能という場合が少なくない。論語を素読しただけでわかる人は稀であろう。中国人に聞くとその点は同様という。漢詩でも今述べた簡潔な表現を指向する以上、前同様に幾通りの解釈ができる場合も少なくない。この場合前後関係を吟味して意味が通ずるように解釈すべきである。逆に意味が通じないように解釈するのは曲解である。前後関係で意味が確定できる場合には、複数の解釈が可能である点を紛らわしいと感じて忌避するのは過剰反応である。

わかりやすいものがよい

ある意味に相当する熟語候補が複数あるときに、一般にわかりにくいものは避けるのが望ましい。読者の理解を高めるためである。漢和辞典にないものは、どうしてもそれを使わないと用が足りない特殊な場合を除いて、使わない。漢和辞典にあっても、仏語《ぶつご》のような特殊な由来を持つものは、慎重に吟味する必要がある。

　そうはいっても、漢詩で用いる熟語は、日本人が日常用いる熟語と比べその数がかなり多い。そのため、日本人があまり知らない熟語も漢詩ではしばしば使われることになる。作詩でもこの水準の熟語は使うしかない。読者も、他人の作品を見たとき意味不明の字や単語に接したときには、漢和辞典で調べることを習慣とするとよい。楽しみながら語彙が増える。

7　読み下しと文語文法

読み下しは必須

　作詩が完了した作品は、読み下しを付ける。これは、詩本体の下に付ける習わしである。一般になじみがなかったり、複数の読み方があったり、誤解されないためにふりがなを付けることもある。ふりがなは、詩本体ではなく読み下し文に付ける。読み下しは元の漢詩をそのまま対応したものでなければならない。この段階で、作者の付けた読み下し文のようには読めないという意見を受けることがある。その結果、作者も別な読み方や解釈がありうることを知る場合もある。ここで漢文法の制約上読み下しが無理なこともある。また、漢詩ならではの倒置法や強調として許される場合もある。これらの検討の過程で、漢詩の楽しさがさらに深まるとよい。

ただ、読み下し文は日本語である。読み下し文についての異論は、漢詩本体には無関係で日本語の意義や解釈の問題にすぎないこともある。この区別は意識的にすべきである。

文語文法を使う

読み下し文は文語文法に従う。ここに新たに作詩に付随する基礎知識が必要となった。一つ例を挙げる。本書冒頭の桂花詩を見ていただきたい。承句は「停歩暗香巷」で「ほをとどむ　あんこうのちまた」と読み下す。ここで「停」は、現代の日本語では「とどめる」と読むが、文語では「とどむ」と読む。漢和辞典で「停」を引いたとき、字義の「とどめる」の脇に（とどむ）とあるのが文語である。

高校の参考書を参酌する

文語文法は高校の国語の授業で学習した。忘れた人は必要に応じて復習してほしい。古語辞典は手元に必要である。古語辞典を引いて読み下し文を作る例をやってみよう。

先に見た新島主詩の承句で「独流絶島意応萎」を「ひとりぜっとうにながされ　こころまさになゆべし」と読み下す。ここで「萎」を漢和辞典で引くと、字義のところに「なえる」とあり、その脇に（なゆ）とある。これが文語での読み方である。「なえる」なら「気力・体力がぬけ、ぐったりする」（広辞苑）ほどの意味であり、現代の日本人も常用する。その文語である「なゆ」について古語辞典を引くと、自動詞ヤ行下二段活用であることがわかる。推量の助動詞「べし」は終止形につく。ヤ行の下二段活用の終止形は「ゆ」で終わることを動詞の活用法で確認していただきたい。これらの確認の結果、右の承句の「意応萎」を「こころまさになゆべし」と読み下すことが理解される。動詞、形容詞、形容動詞は活用形があるので、読み下し文を作るときには、必要に応じて古語辞典を引いて確認すべきである。この段階で送り仮名も調べるとよい。

8　意味が通ずること

不可欠の重要性

作詩の途中や一応終了した段階で、詩の漢文部分（読み下しではなく）だけ見て意味が通ずることが不可欠である。意味がわからないではどうにもならない。わからないとは、漢和辞典を引いてもわからないという意味である。他人の作品を前に、漢和辞典を引かないでわからないという人は不勉強の典型である。ギリシャ神話がテーマの場合はその基礎知識が欠落している人は当然わからないが、この場合は必要な基礎知識を補充すれば足りるのでこれはわからないからダメという部類には入らない。また、詠史詩（歴史を題材にした詩）では歴史の要点を基礎知識とするので同様の事態が現れる。そのため、大部分の読者にわかる題材といえば、歴史の教科書に取り上げられている有名な歴史的展開を取り上げるのがよい。たとえば、日本史でいえば本能寺の変とか桜田門外の変とか。

わからない原因を探索することは作詩能力の向上に不可欠である。わからないまま放置していては進歩はない。原因の例としては、漢文法に違反している、論理の飛躍、省略のしすぎ、思考過程が特異すぎる、習慣の有無、基礎知識の偏在、熟語の意味から離れた用法などが考えられる。

題と二〇字だけでわかること

漢詩は、題と詩本体で構成される。合計二十何字だけで表現するのが五言絶句である。この中で過不足のない筋書の展開を成し遂げなければならない。

補足説明をあてにしない。詩全体の理解に必要な情報を詩の中に入れず補足説明の中で初めて述べるのは間違いである。その補足説明なしには詩の理解に欠ける点が出てくる場合には、その筋書自体に不足がある。

前から順に読むことを前提にする。承句だけ見ると意味不明であっても、その前にある題と起句を前提にすれば理解可能であればそれで足りる。ただ、漢詩の実際を見ると、倒置法がしばしば用いられる。印象を強めたり強調するために普通の語順とは逆にすることである。現代中国語でも強調したい語を冒頭に持ってくることができる。この場合、部分的には必要な知識を欠く事態も発生するが、倒置法とわかれば事後的に理解可能となる。

矛盾は不可

詩の内部で矛盾を抱えるのは修正すべきである。初心者の作品には、天気が晴れていたり曇っていたり、昼だか夜だか入り乱れていて全体として理解できないものもある。狐の嫁入りのような気象現象もあるが、そうでなければ推敲で修正すべきである。ある句だけ見ると矛盾はないものの詩全体を見ると表面化する矛盾もある。大局観不足といえようか。

9　詩想がうまく詠えているか？

日本語のメモと照らし合わせる

漢字変換を始める前に日本語のメモができあがっていることが必要であった。一応できあがった作品を種々点検する必要があるが、その一つにメモにある詩想がうまく詠えているかがチェックポイントとなる。それも一字一句照らし合わせるばかりではなく、句ごとに、あるいは詩全体としてどうかを検討する。特に、詩全体をとらえてクライマックスがしかるべき位置に置かれたか否かは最終的な成功を左右する。さらにクライマックスを際立たせるために、引き立て役がうまく配置されたかまで配慮が向くと上々である

過不足を意識する

メモとの照らし合わせの途中で過不足に気がついたらたいしたものである。自分の作品の足らない点はなかなか気づかないものである。ついでに過不足の原因を探求したい。当初の計画が欲張りすぎたとか、韻字に引きずられて詩想がどこかへ行ってしまったとか、当初軽視していた点がおもしろいと考え直したとか。印象的なひらめきは記憶するとよい。これは作者以外にはできない秘密の勉強法である。

10　省略と誇張

漢詩の醍醐味

漢詩の醍醐味は省略と誇張にある。省略はうまくいったときには詩の格が上がったように感ずる。散文が冗長でつまらなく思えるくらいである。論理的に考えたら絶対必要と思える事項を省略してうまくいったらこれまでの基準を変えるべきときかも知れない。誇張は漢詩のお家芸とも言うべき特徴である。李白の秋浦歌詩にある「白髪三千丈」という誇張表現は有名である。日本人が普通に暮らしていたらとても思いつかない。この程度の誇張が受け入れられるのが漢詩なのだと発想を変えることが必要である。

五言絶句では特に省略が命

五言絶句はわずか二〇字ですべてを言う必要がある。省略の技術を駆使してようやくまとまる。省略を使わず散文的な思考でいると、二〇字はすぐ使い終わり、なすすべがない。先人の作品を見るにもいかに省略をうまく取り入れているかに関心が向き、要領の核心を摂取するよう心が向く。詩集の五言絶句部分を通してみると、省略のやり方や根本の発想が見えてくる。省略を使う必要性の高い五言絶句をマスターすれば、他の詩形を作る際に有力な基礎がすでにある状態となり、かなり有利である。漢詩作りの最初に五言絶句を取り上げる利点の一つはここにある。

わかる限界あたり

どこまで省略するかといえば、意味がわかるぎりぎりまでと答えよう。作詩の都度この限界に挑戦し、実践の中で限界のさじ加減を会得していくことになろう。詩会で省略のしすぎで意味がわからないというような意見を出されたときは詳しく内容を聞き取るとよい。これを聞き流すだけではもったいない。

誇張は意識すべし

日本人は日常生活の中で誇張を使うことは多くない。この延長で行くと、誇張のない作品ができあがる。むろんそれで意味はわかるし問題はないように見えるが、漢詩としては不足である。このような作品を中国人に見せてコメントを求めると、誇張がなくつまらないといわれることが多い。日本人はよほど意識しないと誇張のマスターは難しい。

日本人の感覚とずれるが

日本人は、規則を守り意味が通じることを当面の目的として作詩していると、省略や誇張は後回しとなり、そのような作品を作り慣れてくると、いつしかそれが固定してしまう。ベテランの領域に達しても、簡単に路線転換はできない。本場中国人の作る漢詩は日本人の感覚とずれができてしまう。後は、この問題意識を持ち続け、先人の好個の例に遭遇したときに一段と理解を深めることに期待したい。

11　余韻

余韻とは？

余韻とは、「事が終わった後も残る風情や味わい。また、詩文などで言葉に表されていない趣」（広辞苑）と説明される。含蓄＝「深い意味を内に蔵すること」（広辞苑）とほぼ同じ意味となる。要するに、五言絶句の題と詩本文から導き出されるものの、その字に現れていない風情や味わいをいうのである。他の文学作品でも余韻は大事である。百人一首などで余韻の実際を試してみてはいかがであろうか。

全部言い切らない

余韻を大事にするには、心の内をすべて出し尽くさないことが重要である。普通に考えると、言いたいことをメモに取りこれを漏らすことなく漢字変換すればいい詩ができると思いがちであるが。述べようと考えていた事項をことさら欠落させ、言い残した部分を作るやり方もある。

読者に考えてもらう

一つには述べ足りないところは読者の想像に任せるやり方がある。読者が作者の暗示に従って考えてくれたら万歳である。人によって回答がいくつもありうるような内容について質問の形式で終われば、正にこの形式の実践である。文学作品は作者と読者の相互関係によって成立するものであり、作者が読者に宿題を出すことでこの関係をより濃密にしようというわけである。うまくゆくと、読者もその話題に遅れて参加することになり、みんなで興に乗る感じとなる。

わかっていることをぼかす

何年前か？　幾たび遭遇するか？　のように、本当は作者は正解を知っているときでも、あるいは調べれば容易にわかるときでも、知らないふりをしてあいまいな部分を残すやり方がある。残すというよりわざわざ作り出すという方がふさわしい。その結果、詩に文字で表されている内容以上のことを味わいとして醸し出す。何とか幾などという疑問詞を伴うことも多い。

婉曲の手法

現代の社会問題を扱うようなかなり微妙な内容を有していて断定的に言い切ると後々具合が悪い事情がある場合、婉曲＝「表現などの遠回しなさま」（広辞苑）の手法として、断定せずに読者の想像に任せたり、わかっていることもぼかすなどの表現を用いることもある。本家の中国では、皇帝一人を支配者とする専制的な政治体制が続いた関係から、保身のため婉曲の技術が無数に発達した。寓意＝「他の事物にかこつけてそれとなくある意味をほのめかすこと」（広辞苑）はまさにぴったりの技術である。ただ、その当時は何のことかあうんの呼吸でわかったことも、時の経過によって理解できなくなる可能性はある。

舌足らずがかえってよいこともある

がんばって五つの例を挙げるよりも、例は二つにとどめ、あとは余韻にまかすやり方の方が読者には例はもっとたくさん、もちろん五つ以上あるように思われるかもしれない。余韻の力は馬鹿にできない。

五言絶句の特徴

五言絶句は最短の詩形であるから、ほんの少し字で表現し残りは余韻とするのが能率的でふさわしい。余韻は五言絶句の常套手段ともいえ、余韻の技術を磨くのなら五言絶句が一番である。題にも余韻を含む工夫がありうる。詩本体で取り入れた余韻を題が助長する工夫もありうる。余韻の技術がうまくはまったときは、実質的に七言絶句あるいはそれ以上の字数に相当する内容を含めることすらある。

12　規則と詩想の調和

常に起こる矛盾

詩想を実現するためにはこの熟語がぴったりなのだが平仄が合わないというように、規則と詩想が不一致の事態がよく起こる。そのままでは作詩は頓挫するから、何らかの調和を求める必要がある。考えてみれば、作詩の技術的検討のかなりの部分はこの調和の問題が占める。特に初心者は、あらかじめ規則を回避する思考を持てないから矛盾が多発し、ことさら作詩を困難なものと思い込む原因となる。

腕の見せ所

初心者が作詩上必ず遭遇する困難であり、必ず解決することを要する以上、逆にいえば、ここが作者の腕の見せ所ともいいうるわけである。もっとも、作者の勉強が進んで規則をそらんじるようになると、詩想を練る段階や作詩上実現する過程で、規則に反する熟語や用法一切を事前に排除することができるようになる。熟語を選ぶにしてもそれを置く予定の位置の平仄式に反する熟語は候補に入れない。だから、その場所で平仄が合わない熟語を候補に選んでその後に苦悩する事態は発生しなくなる。これが進むと、規則による制限はあまり気にせず作詩を完成させることができるようになる。

規則の可動部分

平仄式は厳格であるが、なお平起式と仄起式の選択の余地があり、挟み平の技術もある。韻字でうまく行かないときは韻を変えることで打開することもありうる。韻目は平声三〇韻目もあり、韻を変える余地は大きい。意味の近い熟語は多く、その置き換えを試みるとうまくゆくのが普通である。つまり、規則の可動部分を最大限に利用するのである。

詩想の貫徹が原則

以上のような規則と詩想の調和で最終的な方向性をどうするかが問題となる。換言すれば、詩想をどの程度貫徹するのか否かということである。詩想は崇高で、これがあるから漢詩を作ろうと思ったという肝心要の焦点である。規則に屈服して詩想を捨てることは作詩の意味を否定することにもなり、こればかりはできる限り避けるべきである。中級になりほぼ自由に詩想を貫徹できるようになったとしても、ある特定の場合には規則に反しても詩想を貫徹する作品を作る余地は残すべきである。

規則に合うように詩想を変えるのはタブー

前章に従って日本語のメモができたので次の漢字変換の段階に進もうと考えた時点では、そのメモは満足のいく内容であることは間違いない。内心傑作ができるとほくそ笑むくらいであろうか。ここが漢詩を作る醍醐味の核心である。それなのに従たる漢字変換の段階で規則に合わせるために肝心の詩想に手を加えてつまらない内容にしてしまうことほどの愚行はない。

規則に従うために詩想の重要部分、特にクライマックスを変えるのだけはいけない。それは作詩の自殺行為である。それならばその作詩は放棄して、新たに作り直すべきである。クライマックスに関わらない細かな部分については別の案を取り入れて詩想を微調整することはありうる。どこにでもある風景の詩であれば、詩想に手を入れて作り直すのは簡単である。しかし、詠史詩のように内容の大枠が既定の場合はその大枠の中で作らざるをえず、手を入れる余地が限られてくる。たとえば、平仄を合わせるために本能寺の変で信長は死ななかったことにしようというわけにはゆかない。規則に合うよう詩想を変えることを普通のこととしていると、作詩の技術があまり向上しない。詠史詩で詩想を変えずに作詩を貫徹する試みを勧める。

13　現代語の扱い

現代のことを詠いたい

現代に生きる日本人は、現代の話題や日本のテーマを詠いたいと思うのが普通である。テレビやネットで見て、中華文明から遠い西洋やアメリカ大陸の話題を詠いたいと思うこともある。漢詩が中国で生まれて発展した経緯から、右のような話題に使う語彙を探すのにも苦労する。

漢和辞典では足りない

ところが、漢和辞典を引いているだけでは、右の要請に応じた語彙が得られないケースも出てくる。漢和辞典は唐代の漢語を日本語に訳すにはもってこいだが、現代に特有の話題や語彙には対応していない。日本国内でのみ話題となる語彙も同様である。そのような詩想に合う語彙が漢和辞典にない以上、他の情報源に頼らざるをえない。

比喩の駆使

その対策の一つは比喩を使うことである。比喩は、現代語に限らずしばしば使われて漢詩では常用の表現手段である。漢詩以外の文学形式でももちろん常用される。ただ、平均的な読者がその比喩で何を言いたいのかがわかる必要がある。作者はわかると思って作詩しているけれども、読者の理解度はどうかと確かめる心を持って他人の反応を探る必要がある。

飛行機を鵬（おおとりと読む）と表現したことがある。前後関係からこれが飛行機のこと理解されると思ったからである。ただ、漢和辞典で「おおとり」と読む漢字を探すと、他に「鳳」、「凰」、「鴻」の字が出てきた。意味も同一ではない。どれを使うか諦めるかは作者の選択による。

現代中国語使う

現代語は、日中の文化交流に従って共通の語彙を用いることもあるし、そうでなくとも表意文字である漢字による熟語の原理からして意味の見当がつくことも少なくない。それもあって、現代語の語彙を求めて日中辞典と中日辞典を引くことが有用である。

一つ例を挙げる。観覧車を漢詩で使いたいとする。そのような物は唐代には存在しなかった以上漢和辞典では用が足りない。そこで日中辞典を引くと「摩天輪」とある。さらに中日辞典で「摩天輪」を引くと「大観覧車」と出てきた。これで観覧車の意味で摩天輪を使うことができそうである。念のため字義から考えてみた。「摩」は「する。さする。ふれる」の意味であり、「摩天」は「天に届く」の意味となる。日本人は、高層ビルを「摩天楼」と呼ぶのは周知である。この延長で考えると、「摩天輪」は「天に届く輪」と理解される。観覧車は「輪」であることは間違いない。そうすると、「摩天輪」は漢字の字義からして観覧車の意味だといわれると、多くの日本人はなるほどと思うであろう。ここで納得が得られる範囲内に留める配慮が必要である。実際、「摩天輪」を使った作詩例に港未来詩（『網羅漢詩三百首』二八八頁）がある。

14　一応完成！

できた！

規則に合い意味が通じる作品ができ、詩想が表現できているとなると、一応の完成である。一応というのは、その後次章で述べる推敲が残されているからである。後は推敲にどれほど重点を置くかである。「一応の完成」の前に熟考するタイプでは「一応の完成」がほぼ最終完成品となるだろうし、とりあえず「一応の完成」を急ぎその後の修正をゆっくり楽しむやり方もある。

時間比で実力を自分で判定する

漢字変換を開始する時点で感慨をまとめたメモは完成していることを前提とする。その前を「詩想の構成」と呼べば、詩想の構成と漢字変換でどの程度時間を使うか、両者の比率はどうか？　初心者は詩想の構成が完成していても、漢字変換で時間がかかり詩作完了になかなか至らない。両者同程度であればまずまずである。それ以上漢字変換に時間をかけるのはやりすぎである。紙の辞書よりは電子辞書の方が引く時間は短くてすむ。私が最初に手ほどきを受けた漢詩教室では、全一時間半のうち三〇分程度を使ってその場で絶句を作り、その後先生が講評するというやり方であった。三〇分で規則に合致して意味の通る作品を作らなければならない。教室の仲間は皆作品を完成させていた。本書に従って五言絶句をつくるときもこれと同様に進めるとよい。作詩の能力が向上してくると、漢字変換に要する時間は少なくなる。詩想の構成と漢字変換を通じての時間配分では、漢字変換が三割ぐらいになるとかなり手慣れているといえよう。両者の時間比で自らの実力を判定できる。一番よろしくないのは、詩想の構成が未完成なのに漢字変換に入り、両者混同して試行錯誤を繰り返すパターンである。

第四章　推敲

推敲の重要性

一応の完成品を最終完成品にまでする段階である。推敲により、前の段階では見落としていたミスを発見したり、大局観の修正などあらゆる観点から検討する。推敲を丁寧にすると、作品の完成度が高まるのはもちろん、思想的かつ技術的な向上が見込まれ、さらに次の作品を生む原動力となる。推敲の前後を比較し、推敲の役割や効果を確認してほしい。

客観的な目

漢詩作りにも岡目八目ということもある。作者はむろんよいと思って作ったのだけれども、別の観点もありえるし、その観点から考えると当初の案は思慮不足だったかも知れない。詩会で他人の意見を聞いて参考になれば進歩は確実である。ある程度の時を置いてから作者自身作品を見返すのも有益である。時の経過により作者も創作当時の熱意は冷めていて客観的な目が養われていることもありうる。四次元的に考えると、作詩時の作者と推敲時の作者は別人と考えることができる。推敲の機会を作るべく、一応の完成をみた作品を持ち歩き、電車の中とかコーヒーブレイクなどの隙間時間を使ってゆっくりした気分で見返すと、意外と別な観点から見直すことができる。

筋書とクライマックス

クライマックスは、これを言いたいためにこの詩を作ったというほどの詩の核心部分である。むろん漢字変換前のメモでも同様の認識でいたはずである。この核心部分がうまく表現できているかが推敲の中心となる。検討の結果クライマックスが不可となれば、修正は考えずその未完成詩は没にして新たな作品として作り直すべきである。クライマックスが迷宮入りしたような凡作に拘泥すること自体時間の無駄である。

クライマックスが及第として次は筋書の確認が必要である。クライマックスだけにスポットライトが当たるかを確認し、他の部分に読者の目を引くような表現は削除し、引き立て役によい表現と入れ替える。また、筋書で確認した話の本流に関係ない熟語や部分は、削除のうえ本流に合致した他の語に置き換える必要がある。

題との関係

詩本体が一応の完成を見たとき、題との関係は改めて検討し直すことを勧める。そのため、これまでの記述では仮題といっていたのである。最終的な題は、詩本体との関係から最適なものとする必要があるからである。作詩中は詩本体とうまく相応していても、詩本体を修正しているうちに、仮題との関係がずれてしまい、仮題を別なものに変える必要が出てくる場合が少なくない。課題作のように変えられない場合は仕方がないが、それ以外は別な題を付ける方向で考え直そう。

初心者によく見かける題と詩本体のミスマッチの例を挙げておこう。その第一は、壬寅新年所懐という題でありながら、壬寅に相当する内容が詩本体にない作品である。作者は、壬寅の年の新年に作ったから、あるいは、壬寅の年の年賀状用に作ったから題に壬寅と入れたのだろう。しかし、それは作者の主観であって、文学作品としては題と詩本体が対応していないというほかはない。これは、詩内部での自己矛盾といわなければならない。その第二は、ある風景を材料に漢詩を作った場合、作者としては、記念のつもりで題にその風景のある場所を示すべく地名（固有名詞）を題に入れる例がある。ところが、その地名に相当する特徴点を詩本体に入れない場合は、これまた題と詩本体の不一致になってしまう。特に、詩本体でありふれていてどこにもあるような話題に終始しているときは、題には別の地名を入れても差し支えない場合が多く、そうなると題が宙に浮いてしまう。地名のような固有名詞を題に入れたときは、その固有名詞の特徴をとらえその核心を筋書とクライマックスの対象としなければ、同様の問題を引き起こす。

形式も再確認

推敲の途中では、平仄や韻目などの規則に合致しているか否かをチェックすべきである。意味によって韻目が変わる字は、改めて漢和辞典を引くとともにその結果を覚えるとよい。推敲というとこの形式的チェックしか気が回らない人がいるが、推敲の中心はクライマックス周辺である。もっとも、中級に近づき平仄と韻目もだいたい頭に入ると、改めてチェックする必要はなくなる。この場合、クライマックスや大局観に重点を置いた推敲となる。

多くの観点から柔軟思考で

推敲の途中で意外と使えるのが熟語の入れ替えである。意味の近い熟語はたくさんあるので、入れ替えて一番しっくりと合うものを探すことができる。強調表現を用いる場合にも多数の選択肢があるから、色々使ってみるとよい。一度使うと語感や用法がわかり、語《ご》彙《い》や基礎知識が増えたことが実感される。否定する場合でも、不、無、否などの選択が可能で、その蓄積で選択肢が増える。柔軟な思考を活用して多くの観点から推敲するように心がけたい。

向上心の導くままに

作品が一応完成した後、隙間時間を使って何度か推敲することを勧める。翌日、一週間後、一カ月後、皆違う印象をもたらすことがある。熟語の入れ替えもよりよい表現の希求も、際限がない。詩会に提出して他人の意見を聞き修正すれば普通はこれで最終完成版である。ただ、その後も見直すうちさらに修正すべきを発見することもある。作者も勉強するに従って鑑識眼が向上し、評価も変わってくるのである。

第五章　実作例

本章では『網羅漢詩三百首』刊行以降に作った五言絶句を挙げる。中でもこれなら自分でもできそうと読者が思うであろう内容を集めた。「舞台裏」という欄を設けて普通は記されない作詩の経緯を示す。読者が作詩する際の参考になれば幸いである。

旅人

年少叫田父
此辺真好哉
汝来佳季節
冬雪両尋堆

旅人

年少《ねんしょう》 田父《でんぷ》に叫ぶ
此の辺 真《まこと》に好き哉《かな》と
汝《なんじ》は来《きた》る 佳《よ》き季節
冬は雪 両尋《りょうじん》堆《うずたか》し

語注：○**年少**　年が若い。また、その人。○**田夫**　農夫。○**尋**　ひろ。両手を左右に伸ばした長さ。周代では約一・八メートル。

意訳：旅人

若者が農夫に呼びかけた。「この辺はよいところですね」と。農夫が答えて言うには「君はよい季節に来た。冬には雪が二尋も積もる」と。

舞台裏

年少というのは私である。この詩は、学生時代の夏休みに友人と山陰旅行に出かけその途中の一こまである。私の声かけに対する農夫の答えは「僕ちゃんたち（私らのこと）はいい季節に来たからそう言うんだよ。この辺は冬には雪が三メートル積もるんだよ」であった。瞬間私らは「えーっ」と声を上げ絶句したものであった。

そのとき私はこの問答が深く心に残り、「旅人の目は、どこへ行ってもそこにある物のごく一部（そのほとんどはよいこと）を見ているだけなのだ」という記憶となって残った。それは一瞬の出来事で、内容からすれば確かに絶句したものの重大な内容とはいえず、記憶に残るはずもないような些細なことであったが。その後私は国の内外の旅行でこの記憶を忘れたことはない。題が「旅人」というのはぴたりはまった感じがする。最近、その友人にこの話をしたら記憶がないということであった。それが普通であろう。いよいよ私の記憶、それを後生大事とばかりに保つ自分に驚く始末である。

詩の構成を見ると、前半は年少の旅人としての見たまま感じたままを述べたもので工夫というほどのことはない。転句もその延長で結句であっと驚く直前の緊張感を欠いた様子をいう。その瞬間結句で「この辺はよいところですね」とはまるで正反対の冬の季節の光景を言われて、今の夏の様子とあまりに違い予想もしていなかった点に仰天した。山陰地方の気候を考えればなるほどとは思うが、転句までの思考の流れではまったく念頭に去来しないことであった。転句までののんびりした空気が結句で一転し、冷水を浴びせられたようなショックを受けた点に詩心が動かされたのである。

感慨をメモしそれに基づき漢詩の構成を思案するという本書のいう漢詩の作り方については、一応の手順はそれに従っている。しかし、この詩の感慨というのは、作詩の頃に生じた感慨ではなく、何十年も前の記憶である。だからこの感慨を題に五言絶句を作ろうと思いついたときには、もう起承転結の筋書は当然に脳裏にあった。転句までは平仄に合うように熟語を繰り出し、はじめから確定稿ができた。結句は、三メートルをどう表現するか、当然メートルという単位は使えないから少し考え、「万丈の山、千尋の谷」というから尋を採用することにした。平仄も合っている。作詩時間は一〇分にも満たない。

出租車中石川岳堂師　　出租車《タクシー》中の石川岳堂師

爾後又軽問　　爾後《じご》又軽く問う
賦詩高達真　　賦詩《ふし》高達の真《まこと》
曰夫長寿最　　曰《い》わく 夫《そ》れ長寿最もなりと
殷殷笑三人　　殷殷《いんいん》として三人笑う

語注：〇出租車　タクシー（現代中国語）。〇殷殷　音声のおおきくとどろく形容。

意訳：タクシーの中の石川忠久先生

その後また軽く質問した。漢詩を作る能力向上の秘訣。先生が答えて言うには「それは長寿が一番だ」と。大きな声で三人が笑った。

舞台裏

題からわかるように、これは石川先生と二人でタクシーで移動中の様子を描いた作品である。移動中漢詩の話を続けていたところ、私がふと思いついて「先生、漢詩上達の秘訣は何ですか？」と質問した。一言で答えられることではないし、それまでの軽い話題の続きのようなタイミングであった。先生の答えは「そりゃー、君、長生きすることだよ」であった。思わず爆笑した。気がつくとタクシーの運転手も一緒に大笑いしている。それまでの二人の掛け合いを聞いていたのであろう。この点が意外かつ新鮮に感じられた。そこで作詩を思い立った。だからタクシー運転手が登場する内容が必要となる。

まず、三人で大笑いをしたことを結句としよう。第五字目の「人」が韻字となった。上平声十一真韻である。だから、承句の第五字目に置くべきもう一つの韻字もまた同じ真韻から選ぶ必要がある。「人」の前の字が「三」という平字が来たので、仄起式で作詩することとなった。結句の前にこの大笑いのもととなった私と先生との問答を置かなければ意味がわからない。これに応じて、起句と承句で私の問いを入れた。「軽く問う。賦詩高達のまこと」。質問の内容は軽くはないのだが、その場の雰囲気から「軽く」感じたのである。その雰囲気がわかるように「その後また」と入れた。その前にある程度の話が継続し、さらにその続きとしてまた質問したという前後関係を軽く示唆した趣旨である。しかし、漢詩の冒頭が「その後また」から始まるのは珍しい。私の発明である。承句の第五字目の「真」は韻字表の中から選んだものだが、「正しいもの」とか「自然の道」などの意味がある。初心者の場合は韻字を選ぶのに一苦労する。ここでは、構成の最初から「三人」が確定して韻字が真韻と決まり、同じ韻字の中から「真」の字を選んだ経緯が明らかである。こうして私の質問に対する先生の答えが転句となった。「そりゃー、君、長生きすることだよ」と。これもそれ以前から続いてきたやや軽い雰囲気がよく現れている。先生は当時八八歳であった。かく高齢の大先生にそう言われるとちょっと返す言葉がなかった。転句の「夫」は「それ」と読んで「そもそも」などと訳される文頭に置かれる言い始めの言葉である。意味上からすれば必ずしもなければならないわけではないが、先生が「そもそも」のようなニュアンスであったのと、転句の二字と三字の切れの都合もある。転句の第二字目と第三次目に「長寿」と置くことはできないのである。

これで詩本体はできたとして、題をもう一度考え直す。結句の「三人」のうちの一人がタクシー運転手とわかるためにはどこかに「タクシー」と入れなければならないが、さすがに唐代にタクシーはないし、それを比喩する単語も思いつかなかったので、現代中国語の「出租車」を使った。ただ、この単語を詩本体に入れる余地がないので題の中に入れた次第である。

詩会で「結句の『殷殷』では声が大きすぎて窓ガラスが割れるのではないか」と指摘されたが、これは漢詩一流の誇張であるからと説明して原案のまま維持した経緯がある。なお、「殷」の字は、三種類の韻を持つが、「とどろきわたる音声の形容」の趣旨では仄字であり、「殷殷」はこの例である。

隠州覧古

至尊休此石
今見太平隈
舟出夜陰裏
維新端緒哉

隠州覧古《いんしゅうらんこ》

至尊《しそん》此の石に休む
今見る　太平の隈《くま》
舟は出《い》ず　夜陰の裏《うち》
維新の端緒《たんしょ》なる哉《かな》

語注：○**隠州**　旧国名の一つである隠岐国の別称。今の島根県に含まれる。○**覧古**　古跡をたずねて当時をしのぶこと。○**至尊**　天子。隠岐に流された天皇には他に後鳥羽上皇がいるが、この島を脱出したのは後醍醐天皇だけである。○**此石**　島根県隠岐の西ノ島にある「後醍醐天皇腰掛けの石」のこと。脱出直前にしばし休んだところという。○**維新**　万事が改まって新しくなること。ここでは建武の新政を指す。

意訳：隠岐を尋ねて当時をしのぶ
後醍醐天皇はこの石にお休みになった。今見る太平の入り江。夜陰にまぎれて船出された。これこそ建武の新政のいとぐちであるなあ。

舞台裏

隠岐を旅行して「後醍醐天皇腰掛けの石」を見て、さらにその近くの入り江の様子を眺めた。ここまでで前半ができる。この様子から後醍醐天皇がこの島を脱出して建武の新政に向かった様を連想した。さして大きくない船で夜に秘密裏に脱出する危険は大きい。座礁や沈没の恐れは高い。しかも、警護の武士にいつ追撃されるかわからない緊迫した場面である。それを辛くもくぐり抜けて建武の新政を断行したそのパワーと強運には素直に驚くしかない。旧跡のある地に臨めば覧古の詩は思い浮かぶ。この詩はその典型である。隠岐は日本海の絶島で辺境の地。そこでの小さなさざ波が中央政界を、そして日本の歴史を大きく塗り替えた劇的な覧古である。覧古というからには、訪問した古跡の様子と古跡に応じた当時の顛末を詠む必要があり、両者の調整が必要である。この詩はすっぱりと前半と後半でこれを済ませた。脱出の具体的様子はよくわからないから、作者の想像する余地が大きい。この詩は五言絶句で短いからその点はあまり表面化していないが、仮に長い詩を作れば作者の力量が試される内容である。

題に「隠州」という固有名詞を出したら、詩本体でこれに相応する具体的内容を入れる必要がある。しばしばこれを欠く作品を見るが、ちぐはぐな印象を受ける。この詩では後醍醐天皇の脱出という歴史上二つとない場面を取り上げているからぴたりである。題は「隠岐覧古」でもよいが、中国には「何々州」という地方行政区や地名が多いので、「隠州」としたほうが、中国風と感じられる。

法善寺

炎明仏何処
水只向青苔
陋巷喧騒絶
幾多心願来

法善寺

炎は明らかなるも仏何処《ぶついずこ》
水は只《た》だ青苔に向かうのみ
陋巷《ろうこう》 喧騒絶《た》ゆ
幾多の心願来《きた》る

語注：○法善寺　大阪市千日前にある浄土宗の寺。○仏　仏像。○陋巷　路地裏。

意訳：法善寺

不動尊の炎ははっきりと見えるけれども仏像はどこにある。掛水はただ青苔に向かうだけだ。路地裏には街の騒がしさがない。どれほど多くの心からの願いのために人がお参りに来たことか。

舞台裏

題に固有名詞「法善寺」を挙げた以上、詩本体でこれに相応する水掛不動を取り挙げた。不動明王であるから、仏像の周囲に炎が取り巻いている。この寺の場合もこれはそのとおりである。しかし、肝心の仏像は見えない。それは仏像を青い苔が覆っているからである。参拝客は近くにある桶の水を柄杓を使って仏像に掛ける習いである。だからいつまでも青い苔が覆い続けるのである。この見た目を起句は、「不動尊の炎ははっきりと見えるけれども仏像はどこにある」と表現した。「仏像はどこにある」とは、一見すると仏像は見えない点をいう。むろん作者は知っていることだが、あえてこういう表現を採用したのである。参拝者は水を仏像に向かって掛けるのだが、見た目には青い苔に掛けているようにみえる。これが承句である。この寺のある路地裏は千日前の喧騒とは隔絶された静けさの中にある。喧騒と静寂の対比がおもしろい。しかもあまり離れていないのに。すぐ脇は有名な法善寺横町である。こちらは夕方から客が集まり繁盛している。結句は宗教施設に対する讃辞である。私は観光として立ち寄ったが、脇に真剣に祈る人がいた。

代開自竜宮帯回玉匣浦島

竜宮自《よ》り帯び回《かえ》る玉匣《ぎょくこう》を開く浦島に代わる

氨基酸廿種　　氨基酸《あんきさん》廿種
知小惑星存　　小惑星に存すと知る
吾属以神巧　　吾属《わがぞく》 神巧《しんこう》を以て
欲臨生命源　　生命の源に臨まんと欲す

語注：○玉匣　玉手箱。小惑星の砂が入ったカプセルをイメージする。○氨基酸　アミノ酸。○吾属　われわれ仲間。○神巧　神のようなたくみさ。

意訳：竜宮から持ち帰った玉手箱を開く浦島太郎に代わるアミノ酸二〇種が小惑星に存在するとわかった。われわれは高度な技術を使って生命の源に迫るぞ。

舞台裏

感慨は時事ニュースから採用した。朝日新聞令和四年六月六日付けの一面に、宇宙航空研究開発機構の探査機「はやぶさ２」が地球に持ち帰ったカプセルの中に入った小惑星「リュウグウ」の砂からアミノ酸が二〇種類以上見つかった旨の報道がなされた。大きな見出しには、『はやぶさ２』砂に生命の源」、「２０種以上のアミノ酸」、「小惑星リュウグウ　地球外で初確認」という要点が打ち出されている。アミノ酸はタンパク質の材料だから、生命の源となる物質が宇宙由来である可能性を後押しするかもしれない。その日の夜にこの詩を作った。

まずこの詩の前半に「アミノ酸二〇種が小惑星に存在するとわかった」とあるのは前記ニュースをそのまま取り入れたものである。「アミノ酸」は、漢和辞典にはないから現代中国語から取り入れた。「氨基酸」の中の「氨」は「アンモニア」の意味で、「氨基」は「アミノ基」の意味である。「小惑星」は「存」(存在するの意味)という動詞の活動する場所を示す。日本語では、「小惑星に」というように場所を示す格助詞「に」によって場所を示すためにわかりやすいが、漢語では単に「小惑星」と書くだけで場所を示すことを覚えたい。たとえば、唐詩三百首所収の王昌齢の七言絶句「芙蓉楼送辛漸」詩の題を読み下すと「芙蓉楼《ふようろう》にて辛漸《しんぜん》を送る」となる。「辛漸」は人名である。題の意味は「芙蓉楼という場所で辛漸という人を送った」という意味になる。動詞「送る」の直前に「送る」場所を入れることができるのである。これと同様に「小惑星存」で「小惑星に存在する」の意味になる。「存在する」の主語は起句の五文字であるが、これはわかるであろう。詩ならではの倒置法である。後半は意訳のとおり開発者の意気込みを示す。

題をどうするか?　普通の表現ではおもしろくない。そこで一ひねりして御伽草子の浦島説話を借りることにした。その説話とは、「丹後国の漁師浦島は、ある日助けた亀の誘いで海中の竜宮に行き乙姫の歓待を受ける。みやげに玉手箱をもらって村に戻ると、地上ではすでに三百年が過ぎていたので、厳禁されていた玉手箱を開けると、浦島は白い煙とともに老翁になってしまった」（大辞泉）という筋書であり、日本国民は皆知っている。この筋書を使える根拠は、小惑星の名が「リュウグウ」であることによる。以上により、「小惑星であるリュウグウ（竜宮）から持ち帰ったカプセル（玉手箱）を開く浦島（宇宙航空研究開発機構の職員）に代わって作った詩である」という趣旨の題を採用したのである。浦島伝説に乗じたややおどけた表現にしたのである。このくらい身を入れないとおもしろくない。題がやや長くなったが、返り点を入れると漢文法の復習にもなる。

花下宴

家公呼我母
今見破顔皺
花弁舞肴核

花下の宴《えん》

家公《かこう》 我が母を呼ぶ
今見る 破顔《はがん》の皺《しわ》
花弁 肴核《こうかく》に舞う

将来幾度巡

将来幾度《いくたび》か巡《めぐ》る

語注：○家公　家の主人。○破顔　笑うこと。○花弁　はなびら。○肴核　ごちそう。

意訳：桜の花の下で開く宴会

主人が私の母を宴会に招いてくれた。今間近で見る母の笑い顔の皺。（母もずいぶん老いたな）花びらがご馳走の上に舞い落ちる。（母の年齢を考えると）これから先このような（幸せな）光景が何度めぐってくることか。

舞台裏

家庭の主婦の立場から詠じた作品である。日本で花といえば桜であろう。春に桜の花の下で開いたうたげをテーマにした作品である。日本人なら誰でもある経験であり、詩の題としてもごくありふれたものである。ありふれた内容の詩を作ってもおもしろくないので、詩本体の中身を工夫した。

起句は、家の主人（夫）が私（妻）の母をこのうたげに招いてくれたことをいう。これがこの詩の場面設定である。承句では、うたげの席で母の笑い顔を間近で見ると深い皺が目立ち、母もずいぶん年を取ったと思わざるをえない。破顔という語がうたげの雰囲気を醸し出す。女性の顔の皺など普通はあまり強調することは少ないとは思うものの、この詩では敢えて押し出し妻の深い思いを示唆する。転句はその思いからは一転して、客観的にご馳走の上に桜の花びらが舞い落ちる様子を描写する。うたげの席には妻が手間暇かけて作ったご馳走が並んでいる。その上を、今が盛りと咲く花が散って微風に吹かれて舞う姿が想像できる。妻はここに幸せを感じ取ったのである。母の年齢を思うと同様な光景はあまりないのではないか？　来年どうなるかさえあやしい。その思いを「そこでこの先このような幸せが何度めぐってくることか」と結んで余韻を残すこととした。今日の幸せは夫の発案によるもの。夫に対する感謝の心も言外に示した。私はうたげを脇から眺める立場から作成した。

花菖蒲

競妍黄白紫

花菖蒲《はなしょうぶ》

妍《けん》を競う 黄白紫

更酔茘枝新　更に酔う 茘枝《れいし》の新たなるに
遥想薫風下　遥かに想う 薫風の下《もと》
日餐三百人　日《ひび》三百を餐《く》らう人

語注：**○花菖蒲**　アヤメ科の園芸種。五、六月ころ開花する。**○茘枝**　ライチ。○結句は次の「食茘支 二首の其二」を踏まえた。グルメの蘇軾（宋代第一の詩人）が都汴《べん》京《けい》から遠い恵州（今の広東省内）に左遷されたが、ライチがたくさん食べられる環境を述べ、六一歳の意気軒昂なところを示した。茘支＝茘枝。

食茘支 二首　　茘支を食す 二首　　蘇軾

其二

羅浮山下四時春　羅浮山下 四時《しいじ》の春
盧橘楊梅次第新　盧橘楊梅《ろきつようばい》次第に新たなり
日食茘支三百顆　日に食らう 茘支の三百顆《か》
不辞長作嶺南人　辞せず 長《とこし》えに嶺南《れいなん》の人と作《な》るを

意訳：花菖蒲

美しさを競っている。黄色、白色、紫色と。さらに心引かれるのは新鮮なライチだ。心地よい初夏の風に吹かれながら、また、一日にライチを三百個も食べたという人（蘇軾）のことを遥かに想いながら。

舞台裏

花菖蒲の花の盛りの頃を見計らって見に行った。案の定、黄色、白色、紫色の花が美しさを競い合っている。それだけでも大満足なのだが、その上新鮮なライチを味わいまたまた酔ってしまった。ライチ持参で花見に出かけたのである。ライチといえば、グルメの蘇軾である。前掲詩のとおり、辺境に左遷されてもライチを毎日三〇〇個も平らげるという仰天ぶり。彼は九〇〇年以上前の北宋の人であるが、その人を遠く思い出しながら、また花見をしながらライチを味わった。ちょっとした贅沢だ。花菖蒲、茘枝、薫風と季節が合っているのは実体験ゆえ。結句は、普通に読むと「日に三百人を餐らう」となるが、それでは意味が通じない。前掲食茘支詩は漢詩人には有名なのでわかってもらえるだろうという趣向。ちょっとした悪ふざけの気分である。

遮那王

動気欄干上
羅衣掠睫逃
臨終高館側
立地彼長刀

遮那王《しゃなおう》

気を動かす 欄干の上
羅衣《らい》 睫《まつげ》を掠《かす》めて逃《のが》る
臨終 高館《たかだち》の側《かたわ》ら
地に立つ 彼《か》の長刀

語注：○遮那王　源義経の幼名。○羅衣　うすぎぬの着物。○高館　平泉にあった衣川の館。

意訳：遮那王

（弁慶がなぎなたを振り下ろして義経に切りつけ）欄干の上で気を動かす。うすぎぬの着物を着た義経は弁慶のまつげをかすめて逃れた。義経臨終の高館の近くで地上に立つあのなぎなた。

舞台裏

尋常小学唱歌「牛若丸」の歌詞は次のとおり。

1　京の五条の橋の上
大のおとこの弁慶は
長い薙刀ふりあげて
牛若めがけて切りかかる

2　牛若丸は飛び退いて
持った扇を投げつけて
来い来い来いと欄干の
上へあがって手を叩く

3　前やうしろや右左
ここと思えば　またあちら
燕のような早業に
鬼の弁慶あやまった

子供が歌うにはいささかぶっそうな内容であるが、それはさておき童謡として日本人は皆知っている。この詩の前半はそれを前提とする。後半は打って変わって義経の臨終。結句は弁慶の立ち往生の場面である。起句で欄干の上にいる牛若丸に切りつけたなぎなたが、結句では地面に突き立っているというのである。五条橋の上で出会った弁慶が義経と主従の契りを結び、義経の不遇な最後にまで付き添い立ち往生までして契りを全うしたという。それを一振りのなぎなたで象徴した次第である。

童謡では義経を牛若丸と呼ぶが、さすがに漢詩では使用しがたいので、遮那王とした。

紅蜻蛉

童謡三五嫁
世上女卑声
今法勿評古

紅蜻蛉《こうせいれい》

童謡　三五の嫁
世上女卑の声
今法もて古《いにしえ》を評《はか》る勿《なか》れ

只懐明治情

只だ明治の情を懐《おも》うのみ

語注：○紅蜻蛉　あかとんぼ。○三五　十五歳。数え年。

意訳：あかとんぼ

童謡に十五歳の嫁が出てくる。世の中にはこれを女性を軽んじるものとの声がある。今の法律を基準にして昔の事物を評価するべきではない。ただ、明治時代の心情をなつかしむだけだ。

舞台裏

童謡赤とんぼ（三木露風作詞）の歌詞は次のとおり。

1　夕焼け小焼けの　赤とんぼ
負われて　見たのは
いつの日か

2　山の畑の　桑の実を
小かごに摘んだは
まぼろしか

3　十五でねえやは　嫁に行き
お里の　便りも
絶え果てた

4　夕焼け小焼けの　赤とんぼ
とまっているよ
竿の先

この歌詞の中の３番に数え年十五歳の嫁が出てくるのが女卑の思想だという批判があるので作詩した。こういう批判を気にするとうかつに童謡も歌えない。最近の世上の声に接し瞬間的に脳裏に閃いた。

　赤とんぼのことを漢詩では「赤卒」とか「紅児」という表現も用いられる。ただ、電子辞書の漢語林になく、初心者にはわかりにくいと思い、紅蜻蛉を用いた。

辛丑偶成

停行大瀛外
已近古稀身
除夕看重送
星霜不待人

辛丑《しんちゅう》偶成

行くを停《とど》めらる 大瀛《たいえい》の外
已《すで》に近し 古稀の身
除夕《じょせき》看《み》すみす《すみす》重ねて送る
星霜 人を待たず

語注：**○辛丑**　令和三年。**○大瀛**　大海。**○星霜**　年月。

意訳：令和三年たまたま成る
大海の外へ行くをとめられた。私はすでに古稀に近いのに。大晦日の晩をみすみすまた送る。歳月は人を待ってくれないのに。

舞台裏
もうすぐ古稀の年齢になり海外旅行ができる時間が残り少なくなってきたのに、コロナ禍のため海外渡航は禁じられ、やきもきする気持ちを素直に詠った。起句も承句もやきもきする心を直接言わずに言外の意味を探ることでわかる仕組みである。省略が効果を上げている例である。後半では、大晦日をみすみすまた送ることで、やきもきする気持を具体化した。

壬寅春恨

北狄侵隣国
春秋髣髴魂
自由女神立
不動只多言

壬寅《じんいん》春恨

北狄《ほくてき》　隣国を侵す
春秋　髣髴《ほうふつ》の　魂《たましい》
自由の女神立ちて
動かず　只《た》だ多言のみ

語注：○壬寅　令和四年。○春恨　春のものおもい。○北狄　北方の異民族。ここではロシア。○春秋　中国の春秋時代。

意訳：令和四年の春のものおもい
ロシアは隣国に侵攻し、まるで中国の春秋時代そっくりの心。自由の女神が立ったまま動かないのに似て、女神像があるアメリカは軍事的な動きはないまま口先でロシアを非難するだけ。

舞台裏
ロシアのウクライナ侵攻は、中国春秋時代の弱肉強食まるだしの心からだ。アメリカは口先だけあれこれ言うが行動はないので、この先どうなるのかという不安から作った。令和四年二月二三日作。アメリカと言うのを避け自由の女神像で代用し、像が動かない点を使った。

海神

壬寅大邦挙

海神《ネプチューン》
壬寅《じんいん》 大邦の挙《きょ》

今古不双驕
黒海疑神罰
忽然旗艦消

今古双《なら》ばざる驕《おご》り
黒海に神罰かと疑う
忽然《こつぜん》として旗艦消ゆ

語注：○**海神**　ギリシャ神話の海の神ポセイドン（英語名でネプチューン）。○**壬寅**　令和四年。○**大邦**　ロシア。○**挙**　ふるまい。具体的にはウクライナへの軍事侵攻を指す。○**旗艦**　艦隊の司令官が乗って指揮をとる軍艦。

意訳：海の神
令和四年の大国ロシアの暴挙。昔から今日に至るまで二つとない思い上がり。黒海に神罰ではないかしら。突然ロシアの旗艦が消えた。

舞台裏
ロシアのウクライナへの軍事侵攻開始後である令和四年四月一四日のロシア国防省の発表によると、ロシア黒海艦隊の旗艦であるミサイル巡洋艦「モスクワ」が沈没した。その原因は、ウクライナ軍が発射した対艦ミサイル「ネプチューン」の命中であった。この報道がなされた同月一六日に作詩した。

旗艦を撃沈させたミサイルの名前「ネプチューン」を題にしてこの顚末を考えた。前半は詩の舞台設定で、令和四年に開始された大国ロシアのウクライナへの軍事侵攻は、人類の歴史の中で見たこともない驕りである。ここまでは、読者の共通の知識と理解が期待できる。結句の「突然ロシアの旗艦が消えた」というのは先の報道のとおりである。この結論をどう理解するのかで頭を一ひねり。旗艦を撃沈したミサイルの名が「ネプチューン」(海の神)であったことを利用して黒海にて神罰が下ったのではないか、その神罰の結果が「旗艦消ゆ」ではないのかという問いかけを打ち出した。ここでは前半に見る暴挙は神罰を受けて当然という価値判断が先行する。普通の語順からいえば、旗艦が消えたことを言ってからそれは神罰ではないかというべきところ、語順を逆にして神罰を強調したのである。題ともよく照応する。

三方六

十勝有佳趣
今嘗白樺薪
年輪樹皮妙
悠想笑炉民

三方六《さんぽうろく》

十勝《とかち》に佳趣《かしゅ》有り
今嘗《なむ》む 白樺《しらかば》の薪《たきぎ》
年輪 樹皮の妙
悠《はる》かに想う 炉に笑《え》む民

語注：〇三方六　菓子の商品名。
意訳：三方六
十勝地方によい趣がある。今味わう、白樺の薪の外観をしたその菓子を。年輪と樹皮の絶妙な組み合わせ。この地の開拓民が暖炉に向かってほほえむ姿を悠かに思い浮かべながら。

舞台裏
製造元（株式会社柳月）が十勝にある三方六という菓子を食べて、外観と味の双方ともよかったという感想である。北海道開拓時代厳しい冬の燃料とした薪は、木口のサイズがそれぞれ六寸であったため三方六寸の意味で「三方六」と呼んだ。開拓民は、三方六が赤々と燃える暖炉を囲み開墾の疲れを癒やしたという。この菓子は、バウムクーヘンが年輪を模し、その外側にホワイトチョコレートとミルクチョコレートとをかけ白樺の木肌を表現する。味は素材から想像できよう。
外観のアイデアに感心しながら味にも満足したのが転句である。結句は、「暖炉を囲み開墾の疲れを癒やした」という菓子創作の想いを素直に取り入れた。菓子を食べながら一首できるという見本である。

壬寅渋谷万聖節前夕

壬寅《じんいん》渋谷万聖節前夕《ハロウィン》

口裂四魔女

口は裂く　四魔女

血汚双美男
昨聞隣国惨
今見絶奇酣

血は汚《けが》す 双美男
昨《きのう》聞く 隣国の惨《さん》
今見る 絶奇の酣《たけなわ》

語注：〇**壬寅**　令和四年。〇**万聖節**　諸聖人の祝日の前夜（十月三一日）のまつり。カボチャの提灯を飾り仮装した子どもたちが近所の家々からお菓子をもらう。〇**隣国惨**　令和四年一〇月二九日夜韓国ソウルの梨泰院でハロウインに集まった人々に群衆雪崩が発生し一五〇人以上が圧死した事件。

意訳：令和四年渋谷のハロウイン

口が裂けた四人の魔女。血で汚れた二人の美男。昨日隣国での惨事を聞いた。今見る。非常に珍しいまつりが真っ盛りな様子を。

舞台裏

令和四年に渋谷でハロウインの盛りを見た話。前半は奇抜な衣装や化粧をした男女の様子。見たままで、対句にした以外は工夫というほどのこともない。これでこのまつりのイメージはできる。前日に韓国でのハロウインの惨事の影響もなくまつりは真っ盛り。私の子供時代にはこの種のまつりはなく、今でも客観的な第三者として観察する心境である。詩にも反映しているか。

至言

只問如何活
元来人必亡
君児好生了
嗚咽感銘嬢

至言《しげん》

只だ問うのみ 如何に活《い》くかと
元来人は必ず亡《し》ぬ
君が児《こ》好く生き了《お》わる
嗚咽《おえつ》す 感銘の嬢《はは》

語注：○**至言** 最も道理にかなったことば。発言者はプーチン大統領。○**嗚咽** 涙にむせぶ。○**嬢** 母の意味。日本語では「お嬢さん」という未婚の女性に添える敬称であるが。

意訳：道理にかなったことば
問題はどう生きるかということだ。人は必ず死ぬのだから。あなたの息子さんはよく生きてりっぱに天国に行ったのだ。涙にむせぶ感銘したその母親。

舞台裏

ロシアのプーチン大統領は、令和四年一一月二五日、モスクワにて動員兵の母親らに対し、「人は必ず死ぬ。重要なのは、どう生きたかだ」と述べたことをいう。同氏の発言は、ウクライナ侵攻後おかしなものも多いが、今回は珍しく正当と思われたので、これを至言と呼んで詩の題としたものである。前半は一般論で反論するのは困難である。転句はこの一般論を戦死した兵に適用したうえ、その母親に対し、その兵が立派に戦って有意義に死んだというのである。これを聞いた母親は感銘のあまり涙にむせぶのであった。思えば、似たようなことはどこの国にもあった。日本も例外ではない。ただ、ウクライナ侵攻を始め、大量のロシア兵の死亡を招いた張本人が言うといささか別なイメージも湧いてくる。この詩は、言外の意味まで考慮しないとわからない。

「しぬ」というとき普通は「死」の字を使うが「嬢」の属する七陽の韻の中から「亡」

を選んであてはめた。韻字の選び方の実際を示した。

坎昆好日

遅流異郷楽
快度夏潮風
不覚一炊夢
欲成千載鴻

坎昆《カンクン》好日

遅く流る 異郷の楽《がく》
快《ここちよ》く度《わた》る 夏潮の風
一炊《いっすい》の夢から覚《さ》めざれば
成らんと欲す 千載《せんざい》の鴻《おおとり》

語注：○**坎昆**　カンクンは、メキシコ・キンタナロー州にある保養地。○**一炊夢**　めしが炊ける短い時間のうたた寝で一生の栄枯盛衰の夢を見たという故事（枕中記）。○**千載**　千年。○**鴻**　おおとり。おおきなはくちょう。

意訳：カンクンでのよい日

ゆっくりと流れる異郷の音楽。心地よく吹く夏の潮風。夕飯までの一時の夢がまだ覚めないのならば、千年も生きているというおおとりになりたいなあ。

舞台裏

カンクンのリゾートホテルでのんびりしたときの作品である。心地よく吹き渡る夏の潮風に乗って流れてくる異郷メキシコの音楽。午後夕飯までの一時に入った夢の世界がしばらく目覚めないならば、千年も生きるというおおとりになりたいなあと勝手なことを考える。後半は具体的な出来事やイメージを述べるのではなく、要するにボウーとしたのんびりする時間を過ごしたことをいうのみ。題の好日というのもこういったのんびりしたイメージによく合う。カンクンが世界有数の保養地である点も、このイメージを言外で支える。

詩としての形式的なことをいうと、前半は対句をなす。ただ、その内容は、二つのことを述べているのではなく、「心地よく吹き渡る夏の潮風に乗って流れてくる異郷メキシコの音楽」というように、実質的には一つの事象を二つに割って対句としたのである。後半は、流水対といって二句続けてはじめて意味をなす特殊な対である。普通の対は、前半のように最初の一句と次の句が意味的に独立していて片方だけでも意味が通じる。技術的には流水対の方が高度である。五言絶句を作り始めたばかりの人には難しいが、いずれそのレベルに達するのでここで取り上げた次第である。

癸卯春分奈日本帰国制限

癸卯《きぼう》春分 日本帰国制限を奈《いかん》せん

口罩已依各
近当流感初
如無拒帰国
接種証明書

口罩《こうとう》已に各《おのおの》に依《よ》る
近く当たる 流感の初め
如《も》し無《な》くんば帰国を拒まる
接種証明書

語注：○**癸卯**　令和五年。○**奈**　どうししたらよいであろうか。○**口罩**　マスク（現代中国語)。○流感　インフルエンザ（現代中国語)。

意訳：令和五年春分日本帰国制限をどうしたらよいものであろうかマスクをするか否かはすでに各自の任意の判断に委ねられた。コロナももうすぐインフルエンザ並みの扱いになるという。それなのにコロナ対策のワクチン接種証明書がない限り帰国は拒絶されるのだ。

舞台裏

日本入国時の検疫態勢の矛盾を取り上げた。題にあるとおり、令和五年春分の時点の話である。この時点で、日本国内ではコロナ対策の基本であったマスクをするもしないも、挙げて各人の任意に任せている。五月の連休後にはインフルエンザ並みの扱いに変更することになっている。ところが、日本人が帰国するときはワクチンの接種証明書がない限り入国させないというのはいわれなき棄民政策である。入国拒否された帰国希望の日本人は困難な立場に立たされる。ワクチンをまったく接種していない人も日本国内に多数いるのと比べると、いわれなき帰国制限といわざるをえない。

棗

高崎瀟洒巷
蔵裏好茶房
静寂悠塵界
喫余思索長

棗《なつめ》

高崎瀟洒《しょうしゃ》な巷《ちまた》
蔵裏の好き茶房
静寂 塵界《じんかい》悠《はる》かなり
喫余《きつよ》 思索《しさく》長し

語注：〇巷　路地裏。〇塵界　俗世間。

意訳：棗
高崎の瀟洒な路地裏で、蔵の中によい喫茶店がある。静かで俗世間からは遠い雰囲気だ。お茶を飲んでから論理的思考にふける。

舞台裏
群馬県高崎市にある棗という名の茶房である。蔵を改造して茶房としたもので、客は少なく静かで落ち着いていて、思索にはもってこいである。すぐ前の通りには人がたくさんいるが、蔵の壁は厚く窓は小さく、外の喧騒はうそのようで「塵界は悠か遠い」というのが実感である。蔵を茶房に使う例は各地にあるが、私の趣向に合っている。

上高地散策

幽境恐妖怪
煙消水曲和
回頭氛気裏
殷殷晩鶯歌

上高地散策

幽境 妖怪を恐る
煙消え水曲和らぐ
頭《こうべ》を回らす 氛気《ふんき》の裏《うち》
殷殷《いんいん》たり 晩鶯《ばんおう》の歌

語注：○**幽境**　奥深くて物静かな場所。○**煙**　もや、かすみ。○**水曲**　みずぎわ。○**氛気**　悪い気。○**殷殷**　音声の大きくとどろく形容。

意訳：上高地散策

奥深くて物静かな場所で妖怪を恐れていると、もやが消えみずぎわが和らいできた。
気配を感じてうしろを振り向くと、晩春のウグイスの声が大きく響き渡った。

舞台裏

ウグイスの声が響き渡る環境として、舞台設定の段階で幽境を出しておいた。

高秋即事

接報急階段
快哉楼上逢
今秋初戴雪
更妙玉芙蓉

高秋即事

報に接し階段を急げば
快哉《かいさい》 楼上に逢う
今秋初めて雪を戴《いただ》き
更に妙《たえ》なる玉芙蓉《ぎょくふよう》

語注：○高秋　空が高く晴れ渡る秋。○快哉　まことに心地よい。○玉芙蓉　富士山。
意訳：空が高く晴れ渡る秋にその場で作ったニュースに接して階段を急いで上ると、心地よいことに楼上で出会った。この秋初めて雪をいただきさらに美しくなった富士山に。

天空別荘

雅望胸像列
恍惚佇花台
遥瞰地中海
世途天際来

天空の別荘

雅望《がぼう》の胸像列《つら》なる
恍惚として花台《かだい》に佇《たたず》む
遥《はる》かに瞰《みおろ》す　地中海
世途《せいと》は天際より来《きた》る

語注：○雅望　立派な風貌。○花台　見晴台。○征途　人生行路。○天際　天の果て。

意訳：天空の別荘

立派な風貌をした胸像が並ぶ見晴台に、我を忘れて立ち尽くす。遥かに地中海を見下ろす。人生行路のヒントは天の果てからやってきた。

舞台裏

イタリアのアマルフィ海岸は風光明媚な世界遺産。その途中にあるラベッロという断崖の上の集落にあるビラ　チンブローネ Villa Cinbrone のテラスでの感慨である。こういう場所で優雅な時間を過ごす贅沢を想像していただきたい。恍惚という単語はやや陳腐なイメージを感じこれまで詩作で用いたことはなかったが、この場合はまさにぴったりと思い初めて使った。

第六章　動き出す前に

七つ道具

漢詩を作るためのそろえるべき道具の筆頭は漢和辞典である。日本で最大の漢和辞典は『大漢和辞典』（大修館書店）であるが、索引を入れると一三冊にもなりかなり重いので、携帯はできない。そこで私は、大漢和辞典は書斎に置き、日頃は電子辞書中の漢語林（大修館書店）を使い、それで疑義が残る場合には大漢和辞典を引く。もっとも今は大漢和辞典のデジタルも手に入る。大漢和辞典を買う人は一生漢詩作りを続けるであろう。紙の漢和辞典でも電子辞書の中の漢和辞典でも平仄が欠落しているものもある。平仄を使う人が限られているので営業上省略されがちなのである。買う前に平仄が入っていることを確認すべきである。電子辞書を買う場合には、日中辞典と中日辞典が入っているものにするとよい。現代物の話題で作詩する場合に役立つからである。以上は、私が現に使用する環境を前提にしているが、デジタル技術の進展とともにさらに有用な辞書類が登場した場合は臨機の対応を期待する。

次に準備するのは高校の漢文の参考書である。大学受験用や問題集ではなく、漢文法の基礎がやさしく解説してあればよい。書店の高校の参考書コーナーで手にとって選んでいただきたい。

さらに古語辞典と文語文法の参考書が必要である。読み下し文の正確を期すためである。漢文と文語文法の参考書は、高校時代に使用した物でも足りる。日進月歩する分野ではないからである。私は高校時代の教科書と参考書を今でも使用している。

『網羅漢詩三百首』には五言絶句は五〇首収められている。初心者が最初に見るサンプルとしてはこの程度あれば足りる。この詩集には。他に五言律詩四七首、五言排律四六首、七言絶句一三七首、七言律詩一七首、七言排律一種、古詩二首が収められている。

作詩入門段階を過ぎたころには、『詩韻含英異同辨』（松雲堂）を手もとに置きたい。これは、韻字が下にくる熟語を集めたもので、巻末の簡易韻字表を使って韻字をそろえるときに便利である。

さらに向上を目指す人へ

五言絶句の作り方をマスターした次には五言律詩に進むことをお勧めする。参考書や中国古典については書店にい行けば山ほどあり、これをマスターするには人生がもう一度あっても足りない。漢詩作りにどれほどの時間を割くかによって適宜の判断をするしかない。

詩会について

本書は五言絶句を作るための独習書である。独力で作詩できるところまで行くことができる。ただ、作品を他人の目にさらしコメントをしてもらうことも有効である。普通、詩会でその機会を得るが、独習しているだけの人は詩会に縁がない。俳句では、地方でも適宜句会があり楽しみながら他人のコメントをもらえる環境ができている。しかし、漢詩作りでは今はこうはゆかない。そこで、個人的に連絡がつく三人集まれば詩会と称して活動を始めることをお勧めしたい。国語の教諭が中心になって活動するケースが多いようである。会合をもつのが困難ならば、ネットの利用も考えられる。

題詠について

あらかじめ決められた題によって漢詩を作ることを題詠をという。この場合は、感慨がなくともとりあえず期限までに作って提出する必要がある。題詠では、出題者の意図を読み解き、よい評価をもらえるよう努力する。学校時代のテストと同じである。よい評価を得るためには、気が向かない題であっても迎合あるいは忖度する。作者の感慨を作品にまとめる本書の思想とは異なる。

いずれ排律もできるように

五言絶句を二首つなげて八句にしたうえ、最初の二句と最後の二句を除いて隣り合う二句を対句（おおまかにいって文法構造を同じにする）とすると、五言律詩ができる。対句の部分をさらに長くした詩形を排律と呼ぶ。五言絶句から始めて五言律詩と進んでくると、実力に応じて五言排律に挑戦してはいかがであろうか？　韻字は、一つの韻目に属する字のみを使う。五言絶句では韻字は二個のみであったが、二四句の排律では一二個の韻字を集める必要がある。韻字、平仄、対句が義務で、そのうえ原則として同じ字は二度使えない。句数が長くなるとこれが案外難儀である。どの形式によるかは詠みたい内容の情報量にもよる。最後に、『網羅漢詩三百首』刊行後に作った五言排律を一首例に挙げよう。詩会に提出した作品であり、語彙は初心者にはむずかしいものも含んでいる。

朔北咖喱

1 **午下喫茶側**
2 **徐看判決文**
3 **唖然含怒気**
4 **率爾纏妖氛**
5 **食品商標願**
6 **衙門原案焚**
7 **理由多妄信**
8 **遭遇幾奇聞**
9 **朔北非常語**

朔北咖喱《カレー》

午下喫茶の側《かたわ》ら
徐《おもむ》ろに看る 判決文
唖然として怒気を含み
率爾《そつじ》として妖氛《ようふん》を纏《まと》う
食品の商標願うも
衙門《がもん》 原案焚《や》く
理由多くは妄信《ぼうしん》
遭遇 幾奇聞
朔北 非常の語

10 縦横新造員
11 其心虚顕顕
12 同韻貨紛紛
13 皆道普通句
14 誰歪特別紋
15 空言遊夢蝶
16 用例似雷蚊
17 漢字蔵精義
18 儀容明隠君
19 混交他物絶
20 雑踏彼顔分

縦横 新造の員《かず》
其の心の虚は顕顕たり
同じ韻の貨《しな》は紛紛たり
皆道《い》う 普通の句と
誰か歪めん 特別の紋《あや》と
空言 夢に遊ぶ蝶
用例 雷の似《ごと》き蚊
漢字は精義を蔵《おさ》め
儀容は隠君に明らかなり
混交の他物絶え
雑踏に彼の顔分かつ

21　**何怠措辞調**　何ぞ怠らん 措辞の調べ
22　**豈維無学勤**　豈に維《つな》がんや 無学の勤め
23　**求公使官吏**　公《おおやけ》に求む 官吏をして
24　**妙悟練詩欣**　詩を練る欣《よろこび》を妙悟《みょうご》せしむるを

語注：○**率爾**　にわかに。○**衙門**　役所。ここでは特許庁。○**妄信**　真実かどうか確かめずむやみに信用する。盲信。○**心**　意味。○**貨**　商品。○**空言**　うそ。○第十五句の「夢に遊ぶ蝶」は「蝶夢」（自他の区別を忘れた境地）をもじったもの。○第十六句の「雷の似き蚊」は「蚊雷」（集まり鳴く蚊の大きな声）をもじったもの。○**隠君**　おろかな君。○**措辞**　詩文などのことばの使い方。○**妙悟**　十分に悟る。

意訳：朔北カレー

午後、茶を飲む脇で判決文をじっくりと読む。唖然として怒りの気持を抱き、にわかにあやしい気配をまとう。食品の商標を出願したところ、特許庁は原案を斥けた。理由を見ると妄信が多く、いくつものめずらしい話にでくわす。①「朔北」は日常使用する語ではなく、②勝手気ままな造語である。③その意味がないこと明白であり、④同じ発音の商品は混同してしまうと。朔北は普通の言葉であると皆言う。特別のあやと誰が歪めたのか。蝶夢のように自他の区別を忘れることはうそであり、用例は無数にある。漢字は道理や意味を十分にそなえ、おろかな君主でさえよく理解する。入り交じる他の物はなく、雑踏に彼の顔を見分けるようなものだ。言葉の使い方を調べるのをどうして怠るのか。無学なままの勤務をどうして続けるのか。おおやけに対し要求する。官吏に対して詩を練るよろこびを十分に悟らせることを。

舞台裏

商標の審決取消訴訟で特許庁敗訴の判決が確定したとの報道（朝日新聞令和五年五月一八日付け朝刊）に接し、すぐ判決文（同年三月九日言渡）も読んで、漢詩を作る一人として特許庁の主張に詩心を刺激され、感慨の冷めないうちに作った。

札幌市の食品メーカーが令和二年にレトルトカレーで「朔北カレー」という名称を商標出願した。北海道名寄市にある日本最北の陸上自衛隊駐屯地「名寄駐屯地」で振る舞われるカレーを地元レストランの監修で家庭向けに再現したという。特許庁は、すでに「サクホク」という商標が存在するので混同してしまうといい、さらに具体的根拠としての①ないし④を主張した。これは裁判所に対する公式な見解であるが、すべて明白な間違いである。試しに、漢語林で「朔北」と引けば「きた。北方」とあり、広辞苑でも同様である。特許庁では辞典を使わないのであろうか？使えばたちどころに①ないし④の誤りに気づき見解を改めたはずである。特許庁の引き合いに出した「同じ発音の商品」とはカタカナの「サクホク」という食品の商標であった。「朔北」と「サクホク」で混同するとは思えない。このような無教養の人が国家権力を行使している現実に恐怖を感じる。そこで最後に、公務員一般に対し、漢詩を作る楽しさを悟らせたらどうか、たとえば公務員試験に五言絶句創作を加えたらどうかと提案したのである。科挙の再来か！

韻字は上平声十二文韻である。この詩で使用された十二個の韻字を巻末の簡易韻字表で実際に確認してみていただきたい。

このニュースもこの判決も一過性であろう。しかし、私は現代の文化水準を明確に示すわかりやすいエピソードであると直感した。これがこの話題を漢詩に残すべきだと思った動機である。特許庁の前記主張①ないし④は、何度見返しても、その滅茶苦茶な思考過程にただただ唖然とするばかりである。

簡易韻字表　井上薫作成

よく使用する字をまとめた。省略された字も調べたいときは『詩韻含英異同辨』（松雲堂）を参照されたい。この表は、拡大コピーして携帯すると便利である。

平声	韻目	韻字
上平声	一　東	東空虹桐功終公躬風中同崇濛紅雄蓬隆窮豊工弓忠充童篷銅宮翁瞳融叢筒虫 穹鴻衷楓攻通籠瓏蒙沖葱夢熊聡戎凍朦朧洪
	二　冬	冬松溶封鍾重濃衝恭鐘蹤慵供宗胸蜂農従峰庸筇蛩鋒龍峯容舂逢縫烽凶縦淙 蓉葑
	三　江	江尨窓邦缸降双腔撞幢
	四　支	支枝移為垂吹陂碑奇宜儀皮児離施知馳池規危夷姿遅亀眉悲之芝時詩棋旗辞 詞期祠基疑姫糸司医帷思滋持随痴維巵慈遺肌脂雌披嬉炊湄籬疲茨卑騎岐誰 私斯窺欺羈髭資飢錐追萎治怡嗤噫師鸝衰頤推其犠肢諮獅屍差唯惟琵罹梨机
	五　微	微薇暉輝揮囲幃違霏菲妃緋飛非扉肥威祈畿機譏磯饑稀希依衣巍帰幾
	六　魚	魚漁初書舒居裾車渠余予誉輿鋤疎蔬梳虚徐閭廬除儲如墟諸於驢嘘且

上平声	
七 虞	虞愚娯隅無蕪巫盂癯衢儒濡鬚株誅蛛殊愉区駆朱珠趨扶符雛敷夫膚紆厨倶駒謨蒲胡湖乎壺狐弧孤辜菰徒途図屠奴呼吾呉租鱸炉芦蘇烏枯粗都需臾迂拘糊沽徂瓠汚舗須枢塗模輸
八 斉	斉臍黎犂妻萋凄悽堤低題提蹄啼鶏稽蹊霓西栖棲嘶梯迷泥渓閨携畦締
九 佳	佳街鞋牌柴釵崖涯階偕諧骸排乖懐儕埋斎娃皆蛙俳
十 灰	灰恢魁隈回徊槐枚梅媒煤瑰雷頽催摧堆陪杯醅開哀埃臺苔該才材財裁来栽哉災猜胎台孩培皚纔抬駘萊嵬廻
十一 真	真因辛新薪晨辰臣人仁神親申伸身賓浜隣鱗麟珍嗔塵陳春津秦頻顰銀筠巾民貧淳醇純倫綸匀旬巡均馴鈞臻姻宸寅旻皴遵振呻瀕燐竣彬輪循殷瞋娠伸唇
十二 文	文聞紋蚊雲氛分紛芬焚墳群裙君軍勤斤筋勲薫醺耘云濆員欣芹殷慇雰
十三 元	元原源園猿垣煩繁蕃樊翻暄喧寃言軒藩魂渾温孫門尊樽存蹲敦屯豚村盆奔論坤昏婚痕根恩呑援番鴛跟繙昆幡噴
十四 寒	寒韓翰丹弾殫単安鞍難餐灘壇檀残干肝竿乾闌欄瀾蘭看刊丸桓紈端酸団官観冠鸞鑾欒巒歓寛盤蟠漫歎珊棺鑽完般奸攔磐嘆
十五 刪	刪関彎湾還環寰斑班頒蛮顔姦菅攀頑山鰥間閑艱慳殷潺患潸

下平声	
一　先	先前千阡箋天堅肩賢弦絃煙蓮憐田鈿年顛巓牽妍研眠淵涓辺編玄懸泉遷仙鮮 銭煎然延筵氈羶禅蟬纏廛連聯漣篇偏便綿全宣穿川縁鳶鉛捐旋娟船涎鞭専員 虔権拳椽伝芊舷鵑翩沿円燃痊潺湲扇咽乾県圏栓
二　蕭	蕭簫挑凋彫迢条跳蜩調梟澆聊寥寮僚宵消銷霄綃超朝潮樵驕嬌焦蕉椒饒橈焼 遥揺謡瑶韶昭招飆標瓢苗描猫要腰邀橋妖夭漂飄窯
三　肴	肴巣交膠郊茅嘲鈔抄包苞梢蛟庖坳敲胞拋泡鮫咆教
四　豪	豪毫操髦刀萄褒桃糟旄袍蒿濤皐号陶鼇遨曹遭篙高掻毛滔騒膏牢醪逃槽濠労 艚熬艘繰淘
五　歌	歌多羅河戈阿和波科柯娥鵝荷何過磨螺禾娑痾蓑婆摩魔坡酡茄靴跎軻渦訛俄 蛾唆倭駄那頗
六　麻	麻花霞家茶華沙車牙蛇瓜斜邪芽嘉瑕紗鴉遮叉葩奢楂衙賒涯誇巴加嗟遐笳差 蛙嘩蝦葭些査砂裟耶爺琶窪蝸
七　陽	陽楊揚香郷光昌堂章張王房芳長塘粧常涼霜蔵場央鴦秧狼床方漿觴梁娘荘黄 倉皇装肪湘廂箱忘創望芒嘗償檣槍坊嚢郎唐狂強腸康岡蒼荒遑行妨棠翔良航 颺倡慶僵疆糧穰将墻桑剛祥詳洋徉粱量羊傷彰猖商防筐篁凰徨廊浪綱鋼喪忙 茫傍当裳湯亡殃煌昂慷璋殤邙相慌薔嬢彷

下平声	
八　庚	庚更羹阬盲横觥棚亨英烹平評京驚荊明盟鳴栄兵兄卿生笙牲檠擎鯨迎行衡耕 萌氓甍宏茎鶯桜橙争箏清情晴精睛晶旌盈瀛営嬰纓貞成盛城誠呈程酲声征正 鉦名幷傾縈瓊甖轟軽坑甥偵坪請膨令
九　青	青経形刑型陘亭庭霆蜓停寧丁釘馨星腥醒霊齢鈴零翎聴庁汀冥溟銘瓶屏萍熒 螢瞑蜻蛉伶玲廷
十　蒸	蒸承丞懲澄陵凌綾菱氷鷹応蝿縄乗昇升勝興憑仍徴凝称登灯僧崩増憎層曾嶒 能稜朋鵬弘肱騰藤恒凭謄薨矜
十一尤	尤郵優憂流旒留榴由油遊猷悠牛修脩羞秋周州洲舟酬讎柔儔疇籌稠丘抽瘳収 鳩不捜愁休囚陬偸頭投鈎溝幽求裘毬仇浮謀眸矛侯喉謳鷗甌楼疣啾呦叟週酋 揉兜猶硫瑠欧瘤
十二侵	侵尋潯林霖臨針鍼箴斟沈砧深淫心琴禽擒欽吟今襟金音陰岑簪琳琛任禁森参 淋衾衿檎浸妊
十三覃	覃潭曇参南楠男諳庵含涵嵐蚕探貪耽堪甘三酣籃柑藍慚湛担痰談壜函
十四塩	塩檐簷廉簾嫌厳占髯謙繊籤瞻炎蟾添兼霑尖潜鎌粘淹甜拈漸殲
十五咸	咸函緘巌岩讒銜帆衫杉凡巉喃監鑑

著者紹介

井上　薫（いのうえ・かおる）

1954年（昭和29年）東京に生まれる。1978年（昭和53年）東京大学理学部化学科卒業、1980年（昭和55年）同大学院理学系研究科化学専門課程修士課程修了。1983年（昭和58年）司法試験合格。1986年（昭和61年）判事補任官。1996年（平成8年）判事任官。2006年（平成18年）判事退官。2007年（平成19年）弁護士登録（東京弁護士会所属）。2021年（令和3年）『網羅漢詩三百首』（クリピュア）公刊。

五首作れば覚える五言絶句

2023年10月6日　初版第1版発行

著　者　井上　薫
発行者　吉田繁光
発行所　株式会社クリピュア
〒220-0041　神奈川県横浜市西区戸部本町45番4号 髭内ビル2階
TEL　045-317-0388
FAX　045-317-0400
発売元　株式会社 星雲社
〒112-0005　東京都文京区水道1-3-30
TEL　03-3868-3275
FAX　03-3868-6588
装丁　木暮 美保子
印刷・製本　中央精版印刷

落丁本・乱丁本はお取替えいたします。
　ISBN978-4-434-32718-6